Helmut May

Heimlich, mit dem Nachtzug …

Helmut May

Heimlich, mit dem Nachtzug ...

Romankomödie

edition lithaus

Bibliografische Information der Deutschen Bibliothek:
Die Deutsche Bibliothek verzeichnet diese Publikation in der Deutschen Nationalbibliografie; detaillierte bibliografische Daten sind im Internet über http://dnb.ddb.de abrufbar.

ISBN: 978-3-939305-40-8

1. Auflage 2008

www.lithaus.de
Herausgegeben in Zusammenarbeit mit der
LiteraturCompany Berlin
www.LiteraturCompany.de
Satz: stegisum, Berlin
Gesamtherstellung: Schaltungsdienst Lange o.H.G.
www.schaltungsdienst.de

»Ich liebe dich!« –
»Du bist sehr interessant.«
»Ich liebe dich!« –
»Ach, das ist längst bekannt!
I c h lieb' Geschichten,
neu und nicht erfunden –
erzählst du nicht,
bin ich im Nu verschwunden.«

(Theodor Storm, 1817–1888)

Für Gabi

I

Töwerland.

Jawohl! Töwerland!

Auf Hochdeutsch: Z a u b e r l a n d .

Ist es möglich, dass ein solches noch existiert, gefahrlos betretbar? – Soll ja längst abgebrannt sein, wie's in dem Kindervers heißt vom Maikäfer, der fliegen geschickt wird.

Unsinn! D a r i n ging es um Pommerland. In Flammen aufgegangen. Natürlich, durch 'nen Krieg. Also …, also besteht woanders vielleicht noch Aussicht auf besagtes …

»Ja, eine Liebesgeschichte, lieber Meister«, ließ vor Jahren ein gewisser Herr Tucholsky per Post seinen Verleger wissen.

»W i e denken Sie sich das? In der h e u t i g e n Zeit L i e b e ? Lieben S i e ? W e r liebt denn heute noch …?«

Und weiter unten, als ob er keine Lust hätte, dem mächtigen Erzvater abgesegneter Literaten den Gefallen zu tun:

» … übrigens fahre ich nächste Woche in Urlaub. Mit vielen Grüßen Ihr …«

Na und? – Probieren wir doch spaßeshalber auch mal so was – in artiger Nachfolge der heiteren »Gripsholmer Sommergeschichte« jenes gewissen …

»Liebe ...! Liebe ...? Woher die nehmen, nicht bei Villon stehlen?« Gleichfalls aus dem Brief des Obigen – nebenbei bemerkt, im Hauptberuf ein bissiger Kabarettist von Gottes Gnaden! Das können Sie mir glauben. Und Villon? Den kennen Sie nicht? Franzose, Vagant, Ewigstudent, hie und da im Prison, ansonsten nichts als Weiber, Weiber, Weiber im Koppe? Zwar mittelalterlich fromm, im Verborgenen nackig, doch was spielt beim Geigen mehr oder weniger Kledage für 'ne Rolle, wenn sämtliche Himmel mitjubilieren?

Heimlich, mit dem Nachtzug, war ich von Frankfurt aus auf eine der friesischen Inseln gegondelt: Mein genaues Ferienziel halte ich verdeckt, um Ähnlichkeiten mit Orten oder Personen rein zufällig bleiben zu lassen, so dass von vornherein spätere Beleidigungsklagen wie zu dick aufgeblasene Luftballons zerplatzen. Die Anonymität ist sowieso leicht zu bewerkstelligen, weil die meisten modisch gestylten Touristenfallen ganz ähnlich aufgezogen sind, mit ihren Souvenirshops, Kneipen, Verlustierstätten, mehr oder weniger sternigen Ho- und Motels sowie florierenden Jungbrunnen. Von derartigen Staffagen wenig beeindruckt, glaube ich fest an ein davon weitgehend unbelecktes Töwerland. Hinter vorgehaltener Hand gesagt, weil ich schon seit meiner Zeit als unterdurchschnittlicher Halbstarker – zugegeben, ein bisschen zopfig – für hochfliegend Schönes mehr übrig habe, ja für Opern und Operetten schwärme, gerade sie als ein buntes, erquickliches Zwischenreich ansehe, wie geschaffen, Himmel und Erde als zusammengehörig zu empfinden. Genauso glaube ich – man bezeichne es ruhig als naiv – an alles, was mit einem Fünkchen natürlichen Wohlgefallens einhergeht, und wär's nur für lächerliche, dem Paradies abgeklatschte Urlaubswöchelchen. Dafür lob' ich mir dann mehr die einfachen, privat geführten Unterkünfte, auch wenn man sich dort zuweilen mit allerlei Gemischtwarentypen arrangieren muss, geschminkten wie ungeschminkten, Männlein, Weiblein, Ehepaaren mit und ohne Nachwuchs, wobei Letzterer sich oft berechtigt fühlt, unerzogen tun zu müssen, da er ja, wie seine gestressten Vorbilder, endlich Narrenfreiheit hat: Für die Bälger bedeutet dies – fern von Mathepaukern und ähnlichen Schulgespenstern –, jedem Miturlauber möglichst wenig Rücksicht entgegenzubringen, selbst ihren Erziehungsberechtigten aus dem Ruder zu laufen, was von den nicht mehr schulpflichtigen Freizeitlern, entsprechend variiert und potenziert, mitunter ebenfalls gesagt werden dürfte. So was führt leicht zu Verdruss. Besonders bei einem Anfangssiebziger wie mir, dem vor einem knappen Jahr, nach langer, glücklicher Ehe, durch den Verlust der Lebenskameradin gewissermaßen nicht nur der reale Boden unter den Füßen ins Schwanken geraten war, sondern sich Versenkungen über …, über – umschreiben wir es vorsichtig –, über sozusagen dem schönen Schein verhaftete Unterwelten aufgetan hatten. Indessen weniger über einem haarsträubenden Sündenpfuhl, eher bei opern- und operettenhaften Zerstreuungen, beispielsweise, wenn ich ratlos Gewordener im Theater en suite quietschenden, die

Beine schmeißenden Cancan-Kokotten zugucke, ihnen sogar freundlich, ja begeistert applaudiere …

Eintönig das Klappern der Räder des Zuges. Ich muss kurz weg gewesen sein, das Ruckeln über Weichen mich wach gemacht haben.

Ach Martha, meine liebe, gute Dahingegangene! Ich weiß, du gönnst mir den Spaß mit den Ballett-Chimären, ist dir ja auch früher von unserer gemeinsamen Ersten-Rang-Loge aus kaum Derartiges – samt Ariosem und Duettlichem – entgangen, wie ich annehme. Was unsere Liebe persönlich betrifft, schon überhaupt nichts: sowohl beim wilden Anfang wie in der gekonnten Mitte oder am Ende, da mehr an Liebe gedacht wurde, als in Leidenschaft zu … Schön war's immer mit dir. – Nun also bin ich wieder frei! Wie vor unserer Zeit als junges Paar. Vielleicht gerade wegen dieser Erkenntnis meine beinahe zwangartig verzweifelte Flucht in die Komödie! Es war ja immer unser Theater, unsere Oper, unsere Operette, unser Musical: Wie leer ist dein Platz jetzt! Auch sonst fehlst du mir überall. Nicht allein wegen der fraulichen Annehmlichkeiten, die du mir aufopferungsvoll geboten hast – wobei ich dich stets nach Kräften unterstützt habe, das musst du zugeben –, vielmehr und wesentlicher wegen deiner Nähe, deiner gleich bleibenden, fast illusionär fidelioartigen Ausstrahlung, die allzeit ihre umfassende Neigung zu mir zeigte, und ich hoffe, mich ihrer würdig erwiesen, in einer ebensolchen mein Bestes gegeben zu haben. Am tollsten war's, wenn wir Unvorhersehbares genießen, schlimmstenfalls durchstehen durften. Sei es wir allein oder durch mitmenschliche Erlebnisse, aber auch im Kreis der Familie, selbst bei Sorgen und existenziellen Nöten, die klaglos gemeinsam bewältigt wurden. Was für ein erhebendes Elysium zog stets auf, wenn wir nicht zu änderndes Unglück vergessen machen konnten, beispielsweise im Reich musikalischer Theatergenüsse schwelgten – heiter oder ernst –, an Wochenenden, erst recht im Urlaub, wo jede Misslichkeit ihren strengen Wert verlieren möchte, dahingeschmolzen unter den Sonnen eines außer Sehweite fernen Landes, wir nannten es Orplid. War doch zu unserer frühen Zeit die Welt noch wirksamer von Zwirnsfäden loyaler Klugheit durchzogen als in den letzten Jahren, in denen auf allen Gebieten schikanöse Entwicklungen eingeleitet wurden, die unseren Kindern und Enkeln in fragwürdigen Zukünften unweigerlich ihr hohläugig gewordnes Leben fürchterlich komplizieren und erschweren werden: Gescheite Muße, weniger geistlose Leerläufe sollten ihnen, durchaus machbar, zum tunlich Segensreicheren blühen im Kontrast zu den in größter Hast und sinnentleertem Strebertum arbeitenden Prometheusen: Letztlich ist deren schaurig unruhiges Treiben nicht mehr, als dass es eine zügellose Antipathie g e g e n die Welt und das »Leben an sich« zum Ausdruck bringt. Fleiß und Nutzen, denen es an sanfter Gelassenheit mangelt – von Amoretten behütet, großherzige Gleichgesinnte im Gefolge –, sind Todesengel mit Feuer und Schwert: Sie verwehren den Menschen ein für alle Mal jede Rückkehr auf Platons »sagenhafte Insel außerhalb der Meerenge«, genannt Atlantis.

Martha und ich, wir fanden dieses Utopia. Jedenfalls glaubten wir daran. Und es bewirkte oft weitaus mehr als Wissen. Immer wieder führte uns das Erlebnis gesungener Darstellereien zu seltenen Eingebungen, zu duldsamem Gleichklang und Harmonie im Zusammenleben. Unsere Art zu lieben, die dem Partner eigenen Freiraum ließ und gönnte, führte mühelos zur Treue. – Menschenskind, Peter! Dieser Begriff – momentan so verpönt wie in Müll rumstochern! Freilich, Marthaschatz, wie die Leut' halt so zu lieben vermeinen, verläuft das ja meistens ganz anders: Da schätzt das Männchen im Frauchen die Gattung, das »Liebchen« im »Schnuckelfritz« wiederum den Grad seiner oberflächlichen Qualitäten, im Übrigen seine bürgerliche Existenz. Alle beide sehen schließlich in ihren Früchten stolze Machwerkchen, zum Verwöhnen gut und als anzuerkennender Besitz. Solche Art Treue, als Verdienst bewertet, die meine ich in sehr geringen Maßen, meine liebe Martha. Unsere Verlässlichkeit ergab die Bindung »an sich«, die kaum mehr viel vermisste, weil aus uns ein Ganzes geworden war – geradezu von selbst, wie ein Geschenk. Wir wussten wohl zu keiner Zeit genau wie, obwohl darüber so viel geschwätzt, getalkt, geschrieben wurde und wird, was leidlich stimmen mag aus Mund und Feder von gelehrten Psychologiedozenten, von ..., von Liebeswissenschaftlern à la Kinsey oder ähnlichen, jedoch unsere Gedanken niemals erreichte, geschweige denn berührte: Je weniger über Glück nachgedacht wird, desto mehr ist es vorhanden. Hiermit bin ich beim springenden Punkt angelangt:

Trotz aufs Wundervollste gepflegter Nacktheit, körperlich wie seelisch, ist uns die Unschuld geblieben, das Naive, wie es der Natur gemäß zu sein scheint, ohne Konventionen im Sinne eines konzessionierten Konkubinates. Solche Farce haben wir auch späterhin nie angestrebt, obwohl es unserem Zusammenleben kaum mehr Schaden hätte zufügen können: Stell dir mal vor, meine liebe Martha, Orpheus und Eurydike hätten sich vorm städtischen Standesamt ihr Jawort gegeben!

Wir befinden uns auf gerader Strecke. Der Zug schwebt gleichsam durch die Nacht.

Ich sehe, meine Gute, du lächelst, zwinkerst penetrant mit einem Auge, weil ich gefährlich ins »Überdimensionale« auszuufern im Begriff bin, nebenbei ein beinahe lächerliches Dorado auf Erden propagiere. Doch, doch! Aber du m u s s t mir wirklich einräumen, es w a r das diesseitige Jenseits, u n s e r Eden, u n s e r Olymp; darin wir, als Eurydike und Orpheus, den ich leider nachzuahmen unfähig bin, das heißt, dich singender- und harfeschlagenderweise aus dem Orkus zurückzuholen, selbst wenn ich 'ne Überdosis Strychnin schlucken würde. Genauso ist dir hinlänglich bekannt, wenn ich n i c h t schwärme, leicht meschugge bin, n e b e n realen Gleisen hertrampe, dann werde ich fix todsterbenstraurig und krank, jawohl krank, meine Unvergessene, weil mir halt irgendwas Bewundernswertes fehlt, und wäre es ausschließlich von Illusionen gespeist, wird es nun durch deinen schmerzlichen Verlust in legendenhaftes, fast sträfliches Fabulieren verwandelt, muss – hochsprachlich ausgedrückt – metamorphosiert werden. Wobei ich unerschütterlich an unserer unausgesprochenen Maxime festhalte: Im Alltag niemals träumen, aber dahinter eines wie immer gearteten Zauberlandes gewiss sein.

Abschied

Heimlich,
mit dem Nachtzug …,
heimlich mit dem Nachtzug
ging die Reise,
ging die Reise …

Wüsst' so gerne
wo …, woho-ho-ho
hii–hin,
ach, wüsst' so gern
wohin …, wo-
hii–, hihi-hihi-
hii–hin …

Tränen …?
Nein, ich lache!
Lachen …? Oder wein' ich?
Such' doch s o sehr
immer nur – D i c h !

Ich muss aussteigen. Der Intercity hat die Endstation erreicht. Ich vielleicht auch. Mit d e i n e m Bild im Kopf und Gepäck gibt es womöglich doch ein wenig Rentnerseligkeit beim eintönigen Kommen und Gehen des Wassers und der Wellen im gewohnten Rhythmus von zwölfeinhalb Stunden, beim Abendkonzert der kleinen Band im Pavillon neben dem Strandcafé und bei den langen Spaziergängen eines wie herrenlos gewordenen Hundes in den Dünen oder an der Seekante entlang, beim Geschrei der Möwen, im Aufkommen einer leichten Brise aus Nordwest, die lustig mausgraue Wolken fortbläst, eine Spur von Licht und Sonne für ein Weilchen leuchten lässt. Mein Verleger möchte ja was Helles, Ansprechendes. Bis jetzt bin ich freilich mit den paar fabrizierten Zeilen in Bahnen geraten, wie in meinem traurigen Erstling vor vielen Jahren, dem ja deshalb bei der Leserschaft auch kein Erfolg beschieden war: viel zu ernst und zu nahe beim Melodramatischen. Ich müsste mich bessern, wird der Gewaltige demnächst drohen. Doch einen rückblickenden Liebesbrief an meine seelengute Alte, den muss ich schon loslassen dürfen, sonst wird alles Weitere ein gut gemeinter, gleichwohl blöder Quark.

Unserer Tochter gegenüber habe ich von dieser Reise nichts verlauten lassen. Bin ohne Abschied einfach losgefahren. »Töchter-chen, Töchter-chen, mein Töchterchen«, hör' ich jemanden bemerken, in mir bohrend wie ein leidiger Ohrwurm: »Mein Töchter-chen!«, die letzte Silbe warnend erhoben. Jetzt fällt mir's ein, wo so die Rede geht: in einem Film ... oder einem Theaterstück?

Ja. »Kabale und Liebe«? Unsinn! Wahrscheinlich eher aus ’nem Film. Oder einer Operette? »Brüder-lein, Brüder-lein, Brüderlein und Töchterlein ...«. Quatsch im Quadrat! Ich Trottel. »Brüderlein und Schwesterlein« singen die doch in der »Fledermaus«! Na, meine gute Domina, von Schwesterlein dürfte bei uns kaum jemals die Rede gewesen sein. Eher von Circe, Kassiopeia oder ähnlich affektgeladenen Weibsen mit allen möglichen Orpheu- und Odysseusen. – Du guckst vorwurfsvoll, Martha. Ja, ich gerate in flapsiges Geplauder: pure Verzweiflung. Glaub mir.

Der Wind am sommerlichen Strand ist heute ziemlich lebhaft. Ich muss mir Bewegung verschaffen, darf nicht stillstehen, den graubraunen Horizont entlanghimmeln, als ob mir von dorther Erlösung blühen würde. Erlösung! Hier! An der unberechenbaren Nordsee! Bei böigem Nordwest! Warum bin ich nicht nach Griechenland entflohen? Oder wenigstens nach Sylt, Kampen, Hörnum? Auf dem dortigen Lymphozyten verzehrenden Strich im Salzwasser könnte ich mich am FKK-Strand ziemlich unbeschwert in der Rolle vom klassischen Orpheus fühlen, den eine Hera oder Alkmene ... »Mensch, du schriftstellerst wieder! Bleib endlich normal«, würdest du meckern.

Leonore! Sei still! Ich muss quasseln, sonst krepier’ ich. Alsdann: Mit oder ohne Schurz, ’s gibt keine lieblichen Erhebungen mehr zu bewältigen, allerwerteste Dame, nach vierzig Jahren so gut wie geglücktester Amortisierung durch eine wie dich! Jawohl, durch dich, meine Verehrteste ... Sei ruhig, es war beiderseits in

Anspruch genommene Gnade, immer und immer wieder. Sicher, sicher, unsere ganz persönliche. Jedoch nicht in einer Partnerschaft, in der man in spießigem Wenn und Aber aufeinander gluckte, die jedes freie Blickchen, jeden Lug über sittsame Zäune, jedes Hobby, jeden Vatertagsausflug und tiefer gehende Durchblicke mies machte. Weiß der Kuckuck, du niemals! Dafür sei dir von ganzem Herzen Dank. Nun aber ..., jetzt ...? Ist für mich ein Stück Weg aufgetaucht, ohne Bindung, ohne Pflichten? Ach nein, Martha. Mein Verlöbnis reicht über dein unabänderliches Fernsein so erschreckend weit hinaus! Wenn ich bedenke, geradezu ein vierbeiniges Mysterium gaben wir ab. Über jeden noch so hässlichen Alltag erhaben. Gern machte mein verstorbener Bruder augenzwinkernd seine Glossen, ob denn diese Herzdame nicht doch einen ... Gott, und wenn! Es beträfe zweifellos das Erotische, bei weitem kaum die Situation, die von uns als Zweieinigkeit gesehen wurde – wie wir sie uns nicht ganz mühelos erobert, schließlich dauerhaft erhalten haben. Worüber hab' ich sinngemäß mal geschrieben in einer meiner ersten, idealistisch angehauchten, pennälerhaften Liebesepisteln an dich, du so sehr Vermisste? Ich erinnere mich ganz genau: Wir wollten – und haben! – nach jenem Schrieb in einem langen Leben, nach manchen Rückschlägen in unserer Beziehung, allen trügerischen Schwarmgeisterein des höchsten aller Glücksspiele zum Trotz, in allen Lagen dem Schönen Gerechtigkeit und Toleranz widerfahren lassen. Öfter verlacht von grobianischen Zeitgenossen und -genossinnen, von

Gecken und ähnlichen Marionetten der sententiae publicorum, die in Leuten unseres Schlages Rückständiges, gar Einfältiges fanden, weil sie das ewig gleich bleibende Miteinander aus ihrer Sicht als langweiliges Auf-der-Stelle-Treten ansahen. Wie klang es in einer meiner frühen Schriftstellersünden, da ich einen »Jüngling in lockigem Haar« ungefähr sagen ließ: »Du allein, meine Holde, verstehst es, mich aus der augenblicklichen Welt der Habgier, des nur Praktikablen, des Nutzens, des Haben- und Besitzenwollens in vielerlei Weiten des Natürlichen, damit eines selten zu kostenden, unbefangenen Gesundfühlens zu führen.« Und im Letzten ist zu ergänzen, war es der Lausezippel Eros, der ja mancherlei Variationen bei fleischlichen Kreaturen zu bewirken vermag – oder soll ich ein weiteres Mal, mit anderem Touch, das Wort Metamorphose bemühen, die uns erst zu vollständigen Jemanden macht, wovon aus dem fragwürdigen Woher des Animalischen etwas zum Leben des eigentlichen Lebens wird?

Jetzt muss ich selber grinsen: Meine Dithyramben auf die Liebe werden tatsächlich närrisch, zur schmackhaften, indessen unglaubwürdigen Sauce eines romantischen Opernsujets. Lass mich also lieber richtig albern sein: Aus welcher mottenzerfressenen Operette des überzuckerten, rosaroten Scheins darf's denn sein? »Das ... ist ... die ... Lie-be, die dumme Lie-be, die macht das Männchen wie den Auerhahn so blind ...« Ach, der Boni, komischer Typ aus Kálmáns »Csárdásfürstin«! »Die Mädies, die Mädies, die Mädies vom Chantan, die nehmen die Liebe nicht so tra-gisch!« Tenorgeflüster, Soubrettengekickse, verstaubtes Playboygehabe, über das ich Alter heut gnädig lachen muss, nein, lächeln, n u r lächeln, besser augenzwinkernd den Mund verziehen. Und doch haben diese leicht geschürzten Kapriolen manchen geholfen, im Krieg, selbst noch im entbehrungsreichen Nachkrieg, einigermaßen über die trostlosen Runden zu kommen, sozusagen mit erwachsen benutztem Blödsinn, vor dem hochheilige Musen-Wotane ruhig mal 'ne Verbeugung machen sollten.

Und jetzt, abgesehen von gepeppten Buffopossen, etwas Wichtiges, das zwei aufeinander Eingespielten wie Martha und mir später, auch n a c h den krassen Notzeiten, gleichfalls das Leben bedeutend erleichtert hat: Uns beherrschte nämlich dauerhaft – nicht immer ohne Selbstverleugnung! – eine wohltuende, auf der Bühne niemals deutlich darstellbare »Wechselwirkung« und »Wechselbestimmung«, was bedeutet, einmal war der Maskulinus emanzipiert, ein andermal die Femina. Wir spürten offenbar über unsere Gene und ihre außerirdische Herkunft, dass Mann und Frau unschwer alteingefahrene Rollen vertauschen können, mit geradezu engelhafter Lust zu wetteifern befähigt, wer den anderen hieb- und stichfest vertreten kann, sowohl bei geringfügigen Alltagsanforderungen als auch bei rempeligen Behelligungen. Allzu üppige Weibheit und übertriebenes Matadorentum war uns zuwider. Vielmehr sahen wir den Schlüssel möglicher Bereicherung im Männlichen u n d Weiblichen, in ihrem auf Gedeih und Verderb Verschränktsein, darüber zum Molekül eines einigermaßen kompletten Erdenvolkes erwachsen, lebensfähig, zum

Blühen gebracht, durch eine tief greifende Bereitschaft füreinander, vor der in puncto Treue das Witzeln und Grimassenschneiden ihrerseits zu Teufelsfürzen werden, kein noch so high-lifiges Spektakel seine satirischen Verrenkungen zu treiben die Frechheit besitzen möchte.

Jene strenge Betrachtungsweise über die Verbundenheit im Sinnhaften und Sinnlichen muss in einer Broschüre stehen, die mir Martha seinerzeit in ihrer noch halb erweckten Fraulichkeit zu lesen gegeben hatte. Darin stand unter anderem: »Wenn man sich liebt« – wie wir das ja jugendfrisch anstrebten –, »kehrt der Mensch zu seiner ursprünglichen Gottgemäßheit zurück, ohne falsche Demut oder überbelichteten Größenwahn.«

Ogottogottogott, nun ergießt sich d o c h 'ne leicht mokante Lache über meine frisch gebügelte Hemdbrust: Was waren wir für idealistische Kindsköppe! (Allerdings vierzig Jahre lang!) Jene instinktiv geheim gehaltenen Reflexionen geisterten in uns beiden, ohne je wieder in Worte gefasst worden zu sein, um eventuell nüchternem Trödelkram ein paar romantische Krücken zu verpassen: Immerhin, vieles lief unterm Dach außerirdischer Architektur wesentlich leichter ..., einfach so ..., scheinbar ungerufen ...

Ich gerate da capo ins Spinnen. Sei mir nicht böse, geliebte Martha-Muse. Wenn ich, statt an der kalten norddeutschen Küste in Griechenland am gleißenden Strand von Naxos stünde – ganz ohne was um oder an, höchstens 'ne windige Toga um die Schultern gehängt, würde ich mich sehr gut als der alt gewordene Zeus oder Jupiter fühlen, dem es in seinem Himmel da oben tatsächlich langweilig geworden ist, könnte bei seiner Allmacht irdisches Verlangen provozieren, ins Schlafzimmer einer Tussi steigen, dort Herrliches in Bewegung setzen, hinreißender als er es jemals in seinen akropolinischen Topographien erlebt haben dürfte. Hier, im frischen Zugwind kälterer Breiten, muss ich – gleichfalls durch eines Gottes oder verschiedener Götter Animation – mit Vorspiegelungen zufrieden sein, wie es einmal gewesen ..., in diesem Leben niemals ..., niemals mehr sein wird ...

Klage

Heimlich, im Zug der Nacht,
ich trüber Gesell,
such nach Liebe, Liebe,
denn gäb' es die noch,
den Tod verachtend,
wie eh 'mals im Mai,
wär' ich so gern bei dir, bei dir
daheim geblieben,
denn gäb' es sie noch,
den Tod verachtend,
wie eh 'mals im Mai,
wär' ich so gern daheim, daheim
bei dir geblieben.

»Entschuldigung. Können Sie mir bitte einen Tipp geben, wo sich ungefähr der Strandkorb Nummer 65 befindet?«
Eine nicht mehr ganz junge Frau – wie hübsch sie lächelt, wie freundlich ihr Kopfnicken! – fragte so.

»Leider bin ich gleichfalls nicht orientiert, wie an diesen Gestaden …«, ich verbesserte mich schnell, »wie an diesem Strand die Ordnung der Sitzgelegenheiten ist. Aber da kreuzt gerade Hein, der alte Strandwärter, auf. Er wird Ihnen gerne behilflich sein. Ich kenne ihn seit …, seit Lebzeiten meiner Frau.«

Die Dame – sie w a r eine solche, wie ich aus ihrem eleganten Outfit schließen konnte –, wurde ernst, schüttelte den Kopf, stapfte weiter durch den Sand, lief Hein in die Arme, der ihr wie ein Kavalier alter Schule den Standort der Nummer 65 zeigte und sie ein Stück des Weges dorthin begleitete. Ich konnte es mir nicht verkneifen, ihr so lange nachzugucken, bis ich ebenfalls wusste, wo … Ach Martha, »Martha, du entschwandest …« Mann! Vollkommen kindisch bist du! Dass du stets und ständig an Operetten, sogar an ein schmalziges Öperchen denken musst, ist sicher ein fingiertes Signal deines Innenlebens, ein Zeichen, dass du alt wirst.

Horch …!

Heute hat es wohl ’ne ganze Menagerie von Reminiszenzen auf meine vermatschte Psyche abgesehen! Das ist doch …, richtig …! Klavierstunde. »Für Elise«. Albumblatt. Beethoven. Konnte ich mal ganz gut. Einigermaßen fortgeschritten der Kleine … Und jetzt? Wieder

Klavier ... Das kenn' ich doch auch ... Anfangs hatte ich da Schwierigkeiten mit Duolen links und Triolen in der rechten Hand. Es hobbelte bei mir so fürchterlich. Wunderbar, als ich's raushatte. Ja, bei der »Arabeske« war es, von ..., ja doch, von De-bus-sy. Elegant und zärtlich, später entschiedener, wie ein halbwegs verrückter Jüngling, ein bisschen zündeliger Flirtprobierer ... Schade! Mittendrin wird das Kofferradio ausgemacht, der Debussy sich selbst überlassen: Transistormusik am Strand verboten! Kraft seines Amtes hat Hein Einspruch erhoben. Egal, ich kann den Abglanz der flatternden Klänge ganz gut im Kopf weiterspinnen, schwelgen im Einst, als Tastenstreicheler vorm elterlichen Pianino. Andererseits, als ich noch Gleichungen mit zwei und mehr Unbekannten zu lösen gehabt hatte, Englisch, Französisch konjugierte, den Paukern zuliebe mich anstrengen musste – angeblich fürs Leben –, da gab es noch keine Martha, war das Los der klugen Bewahrerin meines Herd- und Liebesfeuers noch nicht gezogen, ich, ein dummer Pubertus, der als verstohlener Dichteraspirant auf seinem geflügelten Pony »mit Zepter und Krone spielte ...«

Himmeldonnerwetter! Wieder so 'ne sentimentale Opernlaus, die mir über die Leber krabbelt: Da ist mir das französische Parfüm des duftigen Arabeskies viel angenehmer. Übrigens soll es z w e i von seinen Dingern geben. Ich kenn' nur die eine in ... in E-Dur, wenn ich mich recht entsinne. Vielleicht ergibt sich's, dass ich auch das Pendant noch mal unter die Finger kriege ... Hoffentlich gleichfalls so gottvoll unpathetisch wie der

Hauch eines Stückchen Himmels, den zum ersten Mal die alten Griechen, Ureuropäer, die sie waren, erspürt haben sollen, blank und bloß, simple Lebenskünstler, gleichzeitig hochgescheite Philosophen und Politmacher: Man stelle sich vor, im Bundestag säßen alle Volksvertreter, ohne Ausnahme oder Zugeständnisse an Parteizugehörigkeit, weder mit was drüber noch drunter. Im Handumdrehen wären die kurzen Beine ihrer Lügen abgehackt! Ja, ja, Martha, ich weiß, verlier' mich schon wieder in Abstrusitäten. Muss feste am Strand auf und ab marschieren, meine moussierende Innenhitze dämpfen – wohl nicht einzig Kreislaufstörungen eines ausgemusterten Narren, dem die Nasenstüber seiner nun am Acheron angesiedelten Dulcinea fehlen. Dessen ungeachtet, denke ich unaufhörlich an jede Art von … von Arabesken. Blödsinn! Ich grüße die Dame in 65 ja nur sehr freundlich, äußerst zuvorkommend …

Heiliger Bimbam! Sie winkt mir. Nahezu hemmungslos liebenswürdig. Lächelt sogar zurück …

Eben …

Nicht wahr, Martha, Arabesken …, Arabesken sind was Nettes? Und sei es …, sei es, sie nicken aus Strandkörben …

II

Die Dame kam aus Hamburg. Das hatte ich rausgekriegt. Zufällig. Gerade mal so. Bei Blechmusik zugunsten »Rettung aus Seenot«. Teilweise vom Boy ihres Hotels eruiert. Wahrhaftig, ein toller Pfiffikus! Für Bakschisch schießt er um die Ecke und trifft. »Woll, woll, der Herr. Laten S' mi man maaken. Dat löpt sich schon taurecht«, sein stereotyper Herzenstrost. Herzenstrost?

Jawoll, Her-zens-trost – wenn ich bitten darf!

Ein paar kleine Ziffern jünger als ihre Strandkorbnummer, die Dame. Auch jawoll!

Donnerwetter! Hätt' ich nicht gedacht. Ob die genauso lange und glücklich verheiratet gewesen ist wie ich? Habe mal in der Pause des Blaskonzertes vorsichtig bei ihr drauf angespielt. Sie überging vornehm meine Frage.

Es ist bekannt: Im Urlaub findet man, wenn's denn sein soll, flott Anschluss. Selbst bei einer ernsthaften Kur gehen sehr bald ermunternde Schatten einnehmend zur Hand. Wie sollte das bei einem nicht ganz unbekannten Verleger und Romanschreiber, wie ich es bin, erst recht in seinem Urlaub vom Leben, im sogenannten Ruhestand anders sein? Die »Dame 65« – mit ihren 64 oder 63 drunter – war offensichtlich nicht abgeneigt, mich Küstenflanierer bei Ebbe oder Flut, jedenfalls unterm wechselnden Mond, als Seekantenplantscher in ihrer Gesellschaft zu akzeptieren. Sie gab sich angeregt und aufgeschlossen bei unbeschwertem Geplauder, das mich tatsächlich vorübergehend meine zehrende Traurigkeit über das Alleinsein nach Marthas Scheiden vergessen ließ, ohne dass dies mir deutlich zu Bewusstsein gekommen wäre.

Wir saßen bei Kaffee und Kuchen zusammen in der »Strandhalle«, fanden uns – was für ein Zufall! – im Enthusiasmus für alles, was mit Oper zu tun hat, wobei ich n i c h t erzählte, dass meine gute Verstorbene ebenfalls eine Liebhaberin von derartigem Spektakel gewesen war, wir oft und gern, bis zuletzt, Händchen haltend, im Plüsch versunken gesessen hatten, den Klängen aus dem Orchestergraben und den Kehlen der Sänger und Sängerinnen lauschend, allen Regungen und Geschehnissen mit ihren dramatischen, komischen oder lieblichen Verwicklungen oft atemlos folgend: Geübte, zeitfremde Bürger, die wir an solchen, jedes Mal wie Weihnachten wirkenden Abenden abgaben. Nach allen Regeln der Kunst verzaubert von den Illusionen, wie sie, einst oder jetzt, Menschen bewegen, sowohl die Agierenden wie auch ihre feinsinnigen Urheber und – natürlich – besonders uns, das Publikum. Ich, geplagter Bücherproduzent, vergaß darüber Verkaufsbilanzen, jeden drängenden Drucktermin für die Frühjahrs- oder Herbstnova. Auch freche Honorarforderungen gewisser Autoren oder Unstimmigkeiten mit Lagerhaltung und Vertrieb schmolzen wie Butter unter der Sonne, die Beleuchtungshexenmeister gekonnt für uns über den Kulissen hatten aufgehen lassen. Gott sei Dank habe ich Ende des letzten Jahres die Hauptlasten meines Verlages an den Schwiegersohn abgegeben. Spiele nur noch nebenbei den Seniorchef, der ohnehin nicht mehr für ganz voll genommen wird, lediglich beim Betriebsausflug, als wäre er Jupiter, Apoll, Merkur, Bacchus oder sonst ein Gott oder Halbgott, den Mitstreitern unsichtbar über Tonband einen schönen Tag wünschen darf; markiere den Abgeklärten, der sowieso seine eigenen schriftstellerischen Offenbarungen schon immer wohlweislich in einem befreundeten Unternehmen veröffentlichen ließ.

Oh, wie war das so wundervoll traurig neben Martha in der Loge gewesen, den Florestan in seiner düsteren Verlassenheit zu belauschen:

»Ich seh' wie ein Engel in rosigem Schein
Sich tröstend zur Seite mir stellet,
Ein Engel, Leonore, der Gattin so gleich,
Der führt mich zur Freiheit, zur Freiheit,
Ins himmlische Reich, ins himmlische Reich ...«

Wir fanden uns. Diese »Hamburgerin 65, 64, 63«! Mit ihrem reizenden Grübchen am Kinn, dem schwarzen Haargewirr über der kaum von Fältchen heimgesuchten Stirn und ihrer auffallend entschlossen in den Tag weisenden Nase, die es scheinbar auf i h r e Art den rehbraunen, doch gern ein wenig prüfenden Augen nachtun möchte.

Heißer Schreck durchfuhr mich: Ich bin verliebt!

Goldig – und wie charmant –, wenn sie mir mit tief verstellter Stimme den Narraboth nachahmend sang:

»Wie schön ist die Prinzessin Salome heute Abend!« Wir verfielen in lächelnde Verzückung über den märchenhaft orientalischen Zauber-Strauss; wie später, in ihrem 65er Korb, als es um Agathchen im geliebten freischützlichen Biedermeierschreck ging:

»Wie nahte mir der Schlummer,
Bevor ich ihn geseh'n,
Ja, Liebe pflegt mit Kummer
Stets Hand in Hand zu geh'n.«

Und bald fanden wir uns beim scheinbaren Lustigmachen über Lohengrin und Elsa:

»Das süße Lied verhallt, wir sind allein,
Zum ersten Mal allein, seit wir uns sah'n.
Nun sollen wir der Welt entronnen sein,
Kein Lauscher darf des Herzens Grüßen nah'n.«

Wie soll diese so keusche Evaporierung des Überschwanges heut noch über die Rampe kommen, wo allerorts, in den berühmtesten Häusern, mit hintergründigem Jux, auf entzauberten Bühnen, bedenkenlos mit nackten Tatsachen agiert und Umgang gepflegt wird, um ja nicht dem TV-Niveau hinterherzuhinken, pleitegeierische Zuschauerflucht zu riskieren.

Ungeachtet dieser im Moment unumkehrbaren Entwicklungen ergingen wir uns dann geradezu im ernsthaftesten Genuss um Tristan und Isoldes halluzinatives Schauerdrama:

»Mild und leise,
wie er lächelt,
wie das Auge
hold er öffnet -
seht ihr's Freunde?
Säht ihr's nicht?«

Liebe. Immer nur Liebe.

Oh Schreck, lass nach!

Wir gehen tatsächlich hier und da schon Händchen haltend.

Martha, was magst d u nur von mir denken!?

M a r l e n e heißt die Hamburgerin. Mit Nachnamen keinesfalls D i e t r i c h . Wie ist jedoch ihr wirklicher Familienname? Sie sprach ihn so undeutlich aus. Bewusst unbestimmt, wie ich zu glauben vermeinte, damit ich ihn – womöglich sicherheitshalber – nicht mitkriege. Ob sie verheiratet ist ... oder w a r, bleibt ebenso im Ungewissen.

N u r ein Kurschatten. Ungewollte Reisebekanntschaft. Bekanntlich sind die wenig wert: Hörst du, Martha?

Immerhin, wir gehen miteinander, essen zusammen Mittag, liegen am Strand beisammen, einmal bei meiner 103, ein andermal neben ihrer 65.

Ich kann's nicht fassen. Irgendwas ... zieht mich magisch zu ..., zu dieser Mar- ..., Mar-lene.

Sie schweigt sich übrigens standhaft darüber aus, welchen Beruf sie ausübt. Egal. Ohne es zu wissen – genauso schön. Nein! Nicht schön. M e h r ! Nämlich von wundermäßiger, ein-sam ta-del-lo-ser Klasse. Und das m i r ausgedientem Betthupferich!

Sie berichtete fantasievoll über allerlei Reisen. Von Marokko, den Palästen der Scheichs in Dubai, Kairo, Alexandria. Auch auf einer polynesischen Insel ist sie gewesen. Ob sie Journalistin ist? Auslandskorrespondentin einer namhaften Firma? Ohne Anhang? Ohne Kinder? Abenteuerlich vagabundistisch wirkt sie freilich nicht. Eher zurückhaltend. Gleich bleibend nett. Bis jetzt ohne Ansprüche an den Partner, als den ich mich in meinem dusseligen Kopf schon sehe. Ist ihr ganzes Benehmen Show, mich elegant vom Leib zu halten? Ob sie nur so tut, als wäre sie 'ne Weltläufige – die in Wirklichkeit brav den Kochlöffel schwingt?

Ich versuchte einen Vorstoß in dieser Richtung.

Hauchzart legte sie mir einen Finger auf die Lippen … Das hat Martha oft genauso getan, wenn ich es gewagt hatte, in ihre entlegensten Bereiche vorzudringen, und es ihr gerade mal nicht im Sinn lag. – Immerhin, beim D u sind wir mittlerweile, obwohl das heutzutage wenig wert ist.

»Peter«, fing sie einmal bei einem Spaziergang auf verschlungenen Pfaden durch die karge Dünenlandschaft an, »ich glaube bemerkt zu haben, dass du prima erzählen kannst, mit Macht deine poetische Ader aber versteckt halten möchtest. Bitte, fabulier mal 'ne Geschichte oder was Ähnliches – meinetwegen ein Operchen ohne Musik, trotzdem kulinarisch, ein paar Esslöffel Unglaubhaftes drin vermengt, dass es uns von hier, von so und so und jetzt, wie durch sanftes Geflüster von Kalliope, der frühen Muse epischer Purzelbäume, entführen kann. Bitte, Peter. Ich bin so schrecklich gelüstig drauf.«

Na also, die ersten Ansprüche an den Partner!

Wir legten uns demgemäß, entsprechend bequem, in den 65er, streckten leise stöhnend die Beine aus. Ich blieb vorerst stumm. Lange Zeit. Sie wartete geduldig, worin für meine Begriffe eine Herausforderung steckte.

Am Strand quietschten von weitem Kinder, sie bauten labyrinthische Matschburgen, spielten Ball, schaufelten Löcher in den feuchten Sand, die sie in geschäftigem Hin und Her mit Hilfe von Eimerchen zu Tümpeln oder Pfützen werden ließen. Ein um turnerische Haltung bemühter Senilius, seine angegraute Windstoßfrisur beinahe verwegen dem Spiel der salzigen Brise überlassend, die jugendlich-modischen Turnschuhe an den Schnürsenkeln um den Hals, stolzierte auf dünnen Knickebeinen am Wasser entlang. Eine Möwe am Strandkorb 21 glotzte frech zu uns rüber, erhob sich unerwartet, flog davon, verlor sich über den Wellen, als sei sie urplötzlich im makellosen Himmelblau verschwunden. Ja, über allem die Sonne, mit einer Wärme, wie sie an der Nordsee normalerweise selten ist, mittelländischen Meeren alle Ehre machen würde.

Wir schauten uns an. Marlene lächelte spitzbübisch, als habe sie mich auf Glatteis bugsiert. Dieses Lächeln verjüngte sie um zwanzig, was sag' ich, um dreißig Jahre. Deshalb konnte ich nicht umhin, wollte Kavalier sein, musste also erzählen. In Richtung der verschwundenen Möwe ins Leere blinzelnd, fing ich an, verzapfte aus dem Stegreif, hoffmanesk, in Offenbachscher Operettenmanier einen Nonsens – wobei ich über das Woher und Wohin jede Rechenschaft schuldig bleiben muss – und hoffte, in den Augen dieser Frau als ein genialer, leicht frivoler Satiriker zu bestehen, derb, komisch, erotischen Spielereien geneigt wie Aristophanes, jener später ein wenig unterhalb der so hochmythisch entrückten Akropolis eingestufte Rhapsode:

»Bekannt ist, dass vor Urzeiten um das Ägäische Meer herum – da man noch für jeden Wunsch einen extra Gott bemühte, ihm für solche Zwecke kontinuierlich Opfer darbrachte, dem oder jenem sogar übersinnliche Kräfte zutraute – einer aus jener olympischen Clique vor lauter geheiligter Langweile sich sozusagen übermenschlich herausgeputzt hatte, dass man ihn heutzutage von einem Briefkastenfirmeninhaber aus Liechtenstein kaum würde unterscheiden können. Auch über besondere Geheimtipps soll er verfügt haben, wie man zu gegebener Zeit todsicher den Jackpot im Lotto zu knacken in der Lage sein könnte. Für diese Geschichte ist von Belang, dass er – laut namhafter Tragödien- und Komödienverfasser – mit der angetrauten Gattin eines berühmten Generals, der göttlicherseits vorsorglich in einen Krieg verwickelt wurde, äußerst freizügig Liebe gepflegt hat, aus der Herkules oder Herakles hervorgegangen sein soll. Nach neuesten, hoch wissenschaftlich untermauerten Forschungen jedoch hält sich hartnäckig die These, jener Spross einer zu transzendentaler Lebensfreude verfremdeten Lumperei in der angenommenen Gestalt des rechtmäßigen Ehemannes sei der Urahne aller machtbesessenen, potenten, ihre Männlichkeit unmäßig herausstreichenden Nachfahren, wie sie über Jahrtausende, bis heute, der Weltgeschichte mit weit mehr als nur einer liederlichen Liebesfeier das Siegel des Unlauteren aufdrücken. Das mag der Wahrheit entsprechen oder nur der Wahrscheinlichkeit. Jedenfalls behauptet ein ungenannt bleiben wollender Historiker, nach geheimen Funden am Peloponnes, nach besonderen Denkprozeduren technisch höchst entwickelten Handytums, nach hochgradig professionell auf den Punkt gebrachten, maßgeblich gemachten Anstößen, ergäbe jene göttlich vollführte, ›ficktive‹ Verschmelzung einen Clou, der bei genügend erbfaktorischer Vertiefung jederart globalisierten Wahnwitz in menschengerechtere Bahnen stoßen könnte: Denn keineswegs mit der Highsociety-Gattin des Acht-Sterne-Generals hat es damals eine Nacht lang der herabgestiegene Olympier getrieben, weil die Dame nämlich zu jener Zeit nachweislich auf einer ausgedehnten Shopping-Tour im Basar von Hermupolis war, sondern mit deren ehemüden, desto geileren, sich in das wenig ausgeleuchtete Bett der Herrin gelegten Dienerin C h a r i s , aus deren Namen dann offenbar alle folgenden Gewalthaber ihr sogenanntes C h a r i s m a s , stolz und machtbefugt – mit mehr oder weniger verheerenden Folgen – abzuleiten, bemüht waren und sind. Immerhin: von Jupiter geschwängert! So wäre demnach der Sohn aus der damaligen Mesalliance, jener Herkules, Herakles oder wie er sonst heißen mag, zumindest zur Hälfte aus unvergorenen Elementen der sogenannten Plebs hervorgegangen, was mit topmodernem politischem Bewusstsein betrachtet, mehr oder weniger bedeutet, dass der Götterfinger seine hochheilige Ergießung dem Schoß einer linken, gemeinnützig denkenden Volksangehörigen dargebracht hat, wovon zweifellos bis zur Stunde der unlösbare, konfliktschwangere Zwiespalt herrührt zwischen Allmachtsunverstand und einfacher Daseinsliebe. Somit haben kurioserweise die Vertreter unserer, als die beste angesehene Staatsform ihre von Sinnlichkeit getragene Vorgeschichte, was indessen oft Schuld sein mag an ihrer gebietenden Doppelzüngigkeit beim vagen Schweben zwischen illusionärer Vogelperspektive und der gemeinen, tumben Weltsicht. Eine schlitzohrig wesentlich gemachte Ahnung jener Zwielichtigkeit, wie sie sich neuerdings auf vielen Bühnen breit macht – sprechender wie singender Weise –, ist, dass man mit Vorliebe völlig unbedeckt agieren lässt, um sozusagen die tatsächlichen, ungelogen e c h t e n Ursprünge der Demokratie, den vorwiegend außerirdischerseits verantwortungslos ausgenutzten Naturzustand geradezu rigoros barbarisch zur Diskussion zu stellen ...«

»Mann! Peter! Was fabulieren Sie da für Zeug?« Die Zuhörerin mochte nicht mehr an sich halten. »Fantasy from back stairs ist mit Ihnen durchgegangen!«

Wie fürchterlich dieses plötzliche »Sie«! Da hab' ich mich jetzt wohl zu weit vorgewagt. Schnell kaschieren:

»Nur s o weit, wie heute allerorts vorgeführt, Frau Marlene. Ein Schriftsteller wie ich hat mit der Zeit zu gehen: Die ist nun mal in steigender Tendenz freizügig. Gefällt … das nicht?«

»Schon. Aber s o wild, s o pietätlos, so saus- und brausig …«

»Tu nicht so, als ob du noch nie ein Wässerchen getrübt hättest.«

»Wer gern im Trüben fischt, ist ein …«

» … ein was?«

»Das sag' ich nicht. Trüb bleibt trüb …«

»Demnach doch besser klar, blank, gewissermaßen – nackig, Martha.« Mein Gott! Was entschlüpft mir? Martha liegt im Grab. Oder … oder ist sie neben mir … auferstanden? »Entschuldige bitte, ich musste an Martha denken …«

»Wer ist diese Martha?«, kam es forsch, mit weit aufgerissenen Augen.

»Meine … meine Haushälterin …«, tat ich oberflächlich.

Marlene lachte hellauf. »Sicher deine vorenthaltene Eheliebste, da du so …, so keck mit ihr umspringst.«

Jetzt muss ich höllisch aufpassen, um mich nicht zu verraten, wenn auch mehr geistig erinnerlich. Ich lache vor mich hin: »Von ver-hei-ver-ratet hat mal unsere Tochter als kleine Göre über uns gesprochen …«

»Worüber lachst du?«

»Marlene, um dir's zu erklären, müsste ich 'ne neue Geschichte anfangen. Ganz anders als die von vorhin. Mit dem wesentlichen Unterschied, sie wäre kein Märchen. Für heute mag's genug des Spintisierens sein. Abendkühle greift um sich. Der Wind hat auf Nordost gedreht. Lass uns ins Inselkino gehen. Da herrscht Gemütlichkeit. Bei irgendwas Schnulzigem, Ferienangemessenem. Die kleinen, halbdunklen Nachttischlämpchen vor den Sesseln. Der Getränkeservice. Die fünf oder sechs Besucher bei schlecht belüfteter Schummrigkeit.«

Wir gingen hin. Nicht Hand in Hand. Etwas wie Scham war zwischen uns getreten: Ich literarischer Idiot war schuld daran mit meinem, in ihren gutbürgerlichen Augen zu pikanten Unsinn, deren hinterhältige Skurrilität nur Topkritiker gut finden, sofern ihnen gerade danach ist.

Vor dem Kino verabschiedete sie sich freundlich – jedoch kurz und reserviert. Ich musste sie ziehen lassen. Ansprüche gab es keine. Eben! Nur der nette Kurschatten. Nicht mal von ’nem kleinen Flirt die Rede. Oder vielleicht ... doch ... noch ... später ... etwas ... mehr?

Nachdem sie von mir gegangen, sah sich Marlene nämlich nach ein paar Schritten noch einmal um, hob die Rechte zum Gruß wie ein Bahnvorsteher, der einem Zug die Abfahrt signalisiert. Also d o c h Lebewohl für alle Zeiten?

Ein Impuls juckte mich, ihr zu folgen. Sofort flüsterte mir eine innere Stimme zu, vermutlich ein spottlustiger Satyr oder Faun aus ’ner petit operétte des Musjö Offenbach: »Stop, grand-père! Lass sich’s entwickeln. Wie bei Achtzehnjährigen, genauso bei Mit- und Endsechzigern. Bei d e n e n erst recht, mit ihren zu vielfältigen Komplexen verklumpten Erfahrungen.«

Kurz darauf entfuhr mir's: »Oh Martha, süßes Klümpchen!«

Ins Kino ging ich ebenfalls nicht. Stattdessen stieg ich den Hügel zum Wasserturm der Insel hinauf. Dort standen Bänke mit weitem Blick aufs Watt bis hin zum Festland.

Jemand war schon da: Marlene.

Mausgraue Wolkenarabesken zogen ... Sie halfen uns, den Abend ohne viel großartige Talkerei in erholsam altersangemessener Langweile rumzukriegen.

Hinter einem niedrigen Busch saß übrigens ein unscheinbarer Mann auf einem Klappstühlchen. Während meiner Reise war ich ihm schon mehrfach, offenbar zufällig, begegnet. Stets hatte er einen Zeichenblock dabei, fuhr mit dem Stift angelegentlich drauf rum, wobei er nur scheinbar ein ernstes Gesicht zog.

W u n s c h

Kalte Zugluft der Nacht
weckt mich auf:
Aus spukhaften Träumen
winken nichts als Spott,
nackte Possen, Operntränen:
Oh Götter,
so ihr Macht habt,
seid gnädig,
macht aus Schmerzen
heilig süßen Ernst,
wie früher,
als noch eine Geliebte
neben mir lag,
wie früher,
als noch eine Geliebte
neben mir schlummerte.

III

»An was denken Sie?«, fragte Marlene.

»Ach ..., weiter nichts.«

»Sie sehen aber nicht so aus, als ob Sie an ...«

»Doch, doch ...«

»Niemand kann an nichts ..., jeder muss ...«

»Was m u s s er?«

»Denken.«

»Ich denke keineswegs an das, was Sie meinen.«

»Was mein' ich denn?«

»Halt nicht das, was S i e glauben, woran i c h denke.«

»Was glaub' ich denn?«

Wir spazierten die Seekante entlang. Barfuß. Hosen hochgekrempelt. Über meinen Schultern, an den Schnürsenkeln zusammengebunden, unsere Leinentreter. Jeweils einer baumelte vorne, einer hinten.

»Sie unterstellen, ich wäre einer, der im Urlaub anbandelt?«

»Haben Sie keine Absichten?«

»Wir waren schon mal beim D u , oder ...?«

»Voreilig. Sehr voreilig. Wenn man, wie wir, seine Jugend von hinten besieht, redet man im Vorbeigucken schnell mal ein bisschen kumpelhaft, von oben herab, vom Balkon des 'Jenseits von Gut und Böse' aus. Sie kennen das bestimmt aus Berufszeiten: Teampflegerisch. Solidaritätsgetue.«

»Schon. Aber ...«

»Was: *Aber*?«

»Oh Martha ...« – jetzt hab' ich mich verraten ...

»Wer ist denn nur diese leidige Martha?«

Da kam's wieder. Prompt. Blöde Ausfragerei! Ich konnte nicht anders, schleuderte der zickigen Dryade ins Gesicht: »Wenn du's absolut wissen willst: 's war meine Geliebte!«

»Ach nee. Also doch nicht die haushälterisch Angetraute.«

»Ja. Nein. Doch. Jedenfalls gehörte sie einmal voll und ganz zu mir.«

»Wie *das*?«

Verdammt! *Diese* Zähigkeit! Sollte ..., sollte bei ihr wahrhaftig mehr dahinter stecken?

»Ach, hauptsächlich wenn Urlaub war ...« Was für eine dumme Reaktion von mir.

»Im Urlaub? Wie gerade *hier* und *jetzt*?«

Ich überhörte das Gekakel: »Sie konnte so ..., jawohl, so köstlich komisch sein, meine ...« Ich verlor mich. Offenbar mussten mir Tränen gekommen sein. Daraufhin schaute mich die Strandgenossin verwundert an – kein bisschen vorwurfsvoll mehr. Ich fasste mich, fuhr fort: »Bevor wir ..., war sie Klavierlehrerin gewesen. Gleichzeitig eine sehr gute Solistin. Preisträgerin bei 'Jugend musiziert'. Die wenigsten Pianisten sind nämlich nennenswerte Virtuosen, müssen Sie wissen.«

»Und weiter.«

»Was *weiter*?«

»Na, als das Preisträgern wegen eines Mannes vorbei war?«

Jetzt überfiel mich das Erinnern, schoss aus mir wie ein wilder Sturzbach: »Einmal. Freizeit im Schwarzwald. Bei Lauterbach. Wir, noch nicht ... In einem Lokal. Der Nachmittag recht trüb und regnerisch. Ich erinnere mich ganz genau. Aus Langeweile hatte jeder von uns eine Überportion ›Strammer Max‹ verdrückt. Ein bisschen Bewegung hätte uns gut getan. Da gelüstete es Mar- Martha, wenigstens mal ihre Finger in Bewegung zu setzten. Ein Klavier stand verlassen, unbenutzt, staubig in der Ecke. Von m e i n e n klavieristischen Fähigkeiten hielt sie, nebenbei bemerkt, wenig. Ihre Absicht schien es nun, vielleicht um besser den ›Strammen Max‹ zu verdauen, irgendjemand im Lokal 'nen Schabernack zu spielen. Das konnte sie gut! Jawohl. Diese Marotte gehörte zu ihr ..., ihrer Psyche ..., musst du wissen, Mar-, Mar-lene. Was soll ich sagen: Unter den Gästen fand sie eine ältliche, etwas hochnäsig wirkende, mit reichlich Klunkern behängte Dame, die sich auf Marthas Frage, wer des Pianotraktierens kundig sei, sehr selbstbewusst meldete und mit ihr ohne jede Hemmung vierhändig spielen wollte, was sie sofort durch hymnisches Vokabular als glückhafte Provokation angesehen wissen wollte, gegen banausische Zeiten überhaupt sowie gegen das Heer trüber Tassen im Besonderen, Riesen-eiskompositionen Löffelnde, Cremetortenstücke Mampfende inbegriffen. Martha betonte hinterlistig, sie wäre nur eine Dilettantin, es sei eine Laune, aber bei so trübseliger Umwelt draußen würden wohl der werten Dame ein paar Patzer nichts ausmachen, um die Urlaubsstimmung ein wenig aufzumöbeln. Spontan wurde Zustimmung geklatscht: Das zum Auditorium erhobene Gros der Kuchenverspeiser lehnte sich zurück in genüsslicher Erwartung der Dinge, die sie in hochkulturellem Ambiente berieseln sollten. Auch der Wirt nickte beifällig: Musik im Café zieht Publikum an, hebt den Umsatz. Auf der mit rosafarbigen, tränenden Kerzen bestückten Klimperkommode fand sich, wie vom Gott des Zufalls höchstpersönlich beschert, allerhand Notenkrempel, sogar das erhoffte Vierhändige. Unter anderem eine Einzelausgabe von Schott in Mainz, für höhere Töchter aus Tagen Kaiser Wilhelms: ›Das Gebet einer Jungfrau‹; ...«

»Na, na, schon wieder schlüpfrig«, unterbrach mich Frau Marlene.

»Ganz im Gegenteil. Denn diese Piece war wenig geeignet für das Späßchen, das Martha vorhatte. Nein nein. Es fand sich schließlich 'ne andere olle Kamelle mit dem Titel ›Die Petersburger Schlittenfahrt‹, vierhändig, hier wohl ebenfalls seit 1880 in Ehren verwelkt. Was soll ich sagen: Die ans Klavier gebrachte Tunte, vielleicht 'ne gut dotierte Generalswitwe, brach in Begeisterung aus über den Schinken. ›D i e kenn' ich gut‹, flötete sie, setzte hinzu ›lassen Sie mich oben spielen.‹ – ›Gern‹, erwiderte Martha, hatte die Alte, wohin sie sollte. ›Übernehm' ich den Secundpart. Hoffentlich schaffe ich den. Obwohl's nur die Begleitung mit immer nur humta humta humtata ist. Aber bitte langsam, ich bin aus der Übung, seit ... seit mein chinesischer Freund

Lang Lang auf Konzerttour ist.‹ Darauf die Alte euphorisch: ›Nur Mut‹, und sie zählte vor: ›Eins-zwei-drei-vier …‹ Die Schlittenpartie fing an, sich wie ein schwerer Güterzug mit 80 Waggons zu bewegen. Martha – sie blinzelte mir dabei zu – wurde allmählich schneller, trieb das Tempo an, jagte bald wild drauflos, steigerte die Geschwindigkeit …, hopp da, hopp da, hoppdada …, der sich die Primo-Tastenschlägerin mit weitaus mehr zu bewältigenden Noten von Sekunde zu Sekunde weniger gewachsen zeigte, jedoch ihre Ehre darin sah, ohne Schmiss durchzuhalten. ›Da capo‹, brüllte Martha dazwischen, als sie die hetzige Troika einigermaßen ohne Umwerfen einmal durch die Musiklandschaft gefetzt hatten. Und die Alte musste mit, ob sie wollte oder nicht, schwitzte zusehends, heiße Tröpfchen rollten auf den Spitzenkragen, ihr Kopf geriet ins Zittern, die Frisur ging aus dem Spray, am Schluss der rasanten Rallye fiel die Gute erschöpft und atemlos beinahe vom Hocker, lag jaspend in Marthas Armen. ›Sie … Sie … Sie sind ein … Teu-, Teufels- …, Sie! Als ob Sie noch nie … Tasten be-, berührt …‹ Martha beruhigte, tröstete die Generalswitwe mit schwarzem Samtbändchen und Riesenbrosche um den sehnigen Schwanenhals. Unerwartet zeigte auch die sich mit Humor versehen, besonders, da Martha für alle im Lokal eine Runde Mokka zum glücklichen Bestehen des kleinen Abenteuers spendierte und die in der Zwischenzeit vermehrte Zuhörerschaft sich vor Begeisterung nicht halten wollte, klatschte und johlte, als hätte Borussia Dortmund acht zu null gegen den FC Bayern München gewonnen. Das lachende Opfer, die gnädige Frau Generalin, überließ Martha anstandslos den Triumph der Veranstaltung, als schließlich allgemein um weitere Darbietungen gebeten wurde. Daraufhin spielte meine Gefährtin – neben rundum serviertem starkem Heißen – auf dem jetzt vor Schreck noch mehr verstimmten Pianoforte die ›Träumerei‹ von Schumann.«

An dieser Stelle kamen mir wieder die Tränen beim Erzählen. Musste mich doll zusammennehmen: »M e i - n e Martha! Verflogen plötzlich ihr kecker Witz. Tief versunken zog es aus den ›Kinderszenen‹ durch das grau verhangene Schwarzwaldcafé, echt geträumt, still, s o still, dass ...«

Hier brach ich endgültig ab, weil mir die Augen völlig unter Wasser standen. Die Strandfreundin Marlene fühlte sich daraufhin bemüßigt, mir den Rücken zu klopfen, sogar liebevoll, wie ich glaubte annehmen zu dürfen. Wir blieben stehen. In der Ferne zog ein Schiff, ein dicker Frachter, kaum sichtbar vorankommend, von einer Ecke des Horizontes in die andere. Vielleicht dümpelte er nach England oder weiter, an den Azoren vorüber, nach Amerika. Wohin n o c h ? In das Land, wo »Träumereien« uns noch keine sentimentalen Wässerchen entlocken, ins Land der Kindheit ... ? Gott! Ich Schwachkopf! ›Oh sel'ge Jugendtage‹, wie die Alte mit dem Strickstrumpf unter der Dorflinde in dem süßholzigen Operchen vom »Evangelimann« eines Wilhelm Kienzl für meine Großmutter so rührend vor sich hin simuliert hatte ... Martha und ich, vorgestern, im Abonnement, hatten das noch dankbar erleben dürfen ...

»Aber, aber, Herr Peter«, hörte ich's neben mir flüstern. Eine zärtliche Wange berührte mich am Kinn. – Da wurde ich wach: »A-ber d a n n , Marlene! Nein, Martha. A b e r dann! Die Gute schlug einen Boogie auf dem Elfenbeingebiss, dass die Mechanik im Saitenkasten nagelte wie ein Diesel, wobei der Staub nur so aus dem verschrammten Lamentomöbel stob und die Musikwilde zweimal heftig niesen musste. Ausgelassener Jubel beherrschte darüber die Nachmittagsrunde, zu der von draußen, zur Freude des Gastwirts, weitere Regennasse hereingeströmt waren: Endlich etwas für ... für m o d e r n gestylte Seelen ..., kannst du mir glauben, Marlene. Nicht viel hätte gefehlt, da wäre das Weib am Klavier ..., ja, ja, zum W e i b fühlte sie sich damals offenbar plötzlich berufen, als ob sie von Alice Schwarzer aufgeputscht worden wäre. Und es hätte auch wenig gefehlt, da wäre von ihr, wie einst vom Johann Strauß, oben in das Ebenholzwrack 'n Glas Bier geschüttet worden, damit die Hämmerchen feucht, volltönender und elastischer würden. Anschließend spielte sie tatsächlich auswendig die ›Tritsch-Tratsch-Polka‹ von dem Schani, als hätte der gerade eben den Hit für'n Dommayer draußen in Hietzing komponiert. Ich konnte nicht anders, nahm mir eine einigermaßen Ansehnliche aus der Tortenessergarde und hopste mit ihr durch die Lokalität, um Tische und Stühle herum, immer wilder und wilder, hin und her, um und dumm. Der Kellner protestierte, hüpfte wie ein eifernder Frosch hinter uns her, stellte unter geknurrten Flüchen umgeworfene Stühle wieder ordentlich an ihre Plätze ... Mit e i n e m Schlag verstummte das Klavier. Martha kam leicht exaltiert zu mir, schubste meine Tanzpartnerin weg, packte mich fest am Arm und ... wir wackelten als wäre die Polka noch im Gang, aus der Pinte hinaus ins Freie, ins Regenfeuchte, in den nahen Wald. Das Publikum war vor uns Verrückten beiseite gewichen, hatte erschrocken Platz gemacht, glotzte uns hinterher, sprachlos, wie kindisch erwachsene Leute – selbst mit umfassender Kenntnis von Noten und Tasten – letztlich doch sind, jeder Art Wohlgesetztheit wie freche Bälger ein Schnippchen zu schlagen imstande. Ach ja, der Kellner galoppierte uns nach, als wäre er angesteckt worden, nun gleichfalls nicht ganz bei Trost, allerdings keineswegs, weil er seinerseits mit meiner Geliebten mal hätte tanzen mögen, sondern einfach der Rechnung halber, die wir samt und sonders mit allen Getränken, zwei ›Strammen Mäxen‹ und der ausgegebenen Kaffeerunde auf Heller und Pfennig vorm Wanderwegschild Nr. 3 bezahlten, ein saftiges Trinkgeld dazu, das den kellnerierenden ›Ladenhüter‹ reichlich zu besänftigen schien ob der spinnerten Konstitution mancher Leute – besonders wenn sie augenscheinlich Urlaub vom Ich machen sowie von ihrem ansonsten wohl geduldig bis stoisch zu ertragenden Pflichtbewusstsein.«

Beim Erzählen und Zuhören hatten wir unsere Wanderung wieder aufgenommen. Das Meer umspülte unsere Füße immer bedrängender, denn die Flut trieb auf das Land zu. Und kalt war's mit einem Mal geworden: Das Wetter auf den Inseln schlägt gern überraschend

um – deshalb schwiegen wir plötzlich alle beide. Rasch zum »Café Strandhalle« hoch gebibbert. Dort hatten sie vorübergehend die Heizung auf einen Husch angestellt. Herrlich warm war's.
»Du zitterst, Peter. Schnell, Herr Ober, bitte zweimal Grog!«

Wie wird der gut tun!

Hallo, dort stand ja auch so'n Ungetüm mit zähnefletschendem Gebiss, die Oberlippe, der offene Deckel, grinste uns irgendwie herausfordernd an. Heiliger Strohsack! Was soll das? Marlene huschte, nachdem sie ein paar herzhafte Schlucke des dampfenden Gesöffs genommen, mittlerweile beschuht, einfach so, ich traute meinen Augen nicht, an die verkratzte Kommode, klappte den Deckel einmal krachend zu und wieder auf, dass die mehr oder weniger distinguierten Strandhallenbesucher – es waren nicht wenige – die Köpfe erschrocken reckten. Und gleich darauf ..., gleich darauf spielte sie schon. Einer vom Bedienungspersonal kam herbeigeflogen, wollte das Musikmachen verwehren, zu Rücksichtnahme auf die Gäste ermahnen. Marlene schüttelte energisch den Kopf, murmelte etwas von allzu grauer Stimmungslage, bearbeitete unbeirrt die Tasten, haute munter drauflos. Dabei zwinkerte sie mir, sich das Lachen verbeißend, zu ... Mensch, fast, nein, genau wie du damals, Martha, im Schwarzwald. Gott, da sitzt Martha. Wie sie leibt und lebt. Der Anschlag. Die Bewegungen. Das nachdrückliche Mit-dem-Kopf-Wackeln. Verdammt noch mal! M u s s ich wieder flennen!

Und der Kellner hielt daneben Wache, starr und steif, mit offenem Mund, wie einer der Geharnischten vorm Tor des Todes in der »Zauberflöte«. Er glotzte, zupfte nervös an seiner schwarzen Fliege, sang indessen keinen Choral wie bei Mozart, sondern verhielt sich gefährlich sprachlos, ähnlich wie seinerzeit der konsternierte Tablettschwinger in Lauterbach. Hier allerdings hatte es mit der Rechnung noch Zeit. – Marlene patzte manchmal, blieb dennoch unbekümmert, spielte, als tropfe ihr heiß entflammter Zucker aus den Fingern über die Tastatur, damit schlecht und recht eventuell eine musikalisch prickelnde Sommerbowle daraus entstehen könnte, zu offensichtlicher Freude und zum Genuss der ansonsten kühlen Gäste, hier, in der Strandhalle, an der windigen Nordsee. Und wenn mir Marlene im leichten Mitschwingen ihres Körpers zunickte, wirkte es auf mich wie eine Liebeserklärung: »Du, du liegst mir im Herzen, du du liegst mir im Sinn«, parallel zu diesem, von ihr angeschlagenen Dreivierteltaktvolksliedchen.

Ach Marlene, weshalb diese Show? Mit so was hätte Martha nie getingelt. Überhaupt hat die nie getingelt oder in jeder Hinsicht einträglich gestrippt. Schon gar nicht mit solcher banalen Anmache, weich geklopft auf Elfenbein und Ebenholz. Sicher bin ich ungerecht gegenüber der Amazone am Klavier – übrigens einwandfrei gestimmt und in Ordnung. Ogottogott, jetzt zeigt d i e s e Martha ihr eigentliches Gesicht, nein, diese … diese … M a r - l e - n e! Fehlt nur noch, dass jener D i e t - r i c h ihr »Von-Kopf-bis-Fuß-auf-Liebe-eingestellt« aufs Tapet kommt. Es wäre, bei allem Hang zur leichten Muse, eine Entweihung meiner Martha, die offensichtlich – eine Gelegenheit beim Schopf gepackt – imitiert werden soll, um mich elegant zu ... zu kapern. Also nee! Schluss jetzt, Frau Dietrich!

Ich sprang vom Stuhl auf, ohne mir vorher darüber Rechenschaft abgelegt zu haben, wie dumm ich mich benahm – wer weiß wieso? –, schlug mit der Faust krachend auf den Tisch. Die Schunkelliese am Klavier – »Du, du liegst mir im ...« – fuhr zusammen, als hätte sie ein elektrischer Schlag an sämtlichen Nervenzipfeln getroffen, und spielte ... ja, sie spielte weiter. Wie denn? Was kam da plötzlich, lustig wie höhnisch, auf mich zu, als wär's der Strahl von einem Wasserwerfer? Der aufreizende Cancan aus Offenbachs »Orpheus in der Unterwelt«. Wahrhaftig, sie wagte es! Und wie das zündete! Die sonst etepeteten norddeutschen Gäste bewegten sich im Takt mit, auf und ab, auf und ab, die Ellbogen, die Schultern, links, rechts, hoch, runter, hoch, runter – blieb einzig übrig, dass sie quietschten wie jene röckeschmeißenden Weibsteufel.

Der Kellner war von seinem Wärterplatz neben dem Klavier per Handzeichen vom Büfett her abberufen worden, hatte unversehens in den aufgepeitschten Wogen der Operettenwindhose wie ein Wiesel herumzuflitzen, die aus schlecht gelauntem, grauem Himmel plötzlich toll gemachten Glücksaktivierten mit Alkoholischem zu versorgen. An mehreren Tischen wurde sogar »Henkell-Trocken« serviert. Na, hoffentlich stimmt in dem Trubel am Ende seine Rechnung!

Schließlich fand das wie ein Partyhöhepunkt hereingebrochene Tohuwabohu, so unvermittelt wie gekommen, seinen von Atemlosigkeit und Ermüdung übermannten Schluss. Die Leute suchten wieder ihre geruhsame Urlaubsbequemlichkeit.

Vor dem Klavier, Marlene, was tat die? Mit Mienenspiel und Händen wiegelte sie die Klatscherei ab, holte das Liebliche aus ihrem emotionalen Repertoire, tippte mit einem Finger – ein paar falsche Töne ließen es spöttisch wirken – auf den Tasten herum: »Als ich noch Prinz war in Ar-kaa-dien …, in Ar-kaaa-haha-haha-hadien«, wieder so neckisch und unverfroren wie bei Meister Jacques, ließ das hopsige Liedchen allmählich abschwellen, still ausklingen, versiegen, in reichlich eingeschobenen Pausen verhallen. Kind Gottes, bist du Entertainerin in ’nem Kabarett gewesen, da du diese Tricks so perfekt beherrschst?

Als der letzte Tupfer verhusch war, erhob sich Marlene, trat gemessenen Schrittes zu mir an den Tisch, zog einen hohen Geldschein aus ihrem Gürteltäschchen, reichte ihn mit der geschauspielert stolzen Miene der Chansonnette Silva Varesku in der »Csárdásfürstin« des ungarischen Emmerich Kálmán dem herbeigewinkten Ober, der sich – inzwischen wohl einem komischen Zug in seiner Person nachgebend – wie ein Domestike aus dem Palast des Höflings Faninal im Münchner-Pschorrbräu’schen »Rosenkavalier« geradezu provozierend affektiert verbeugte.

Darauf nahm sie zärtlich meinen Arm, führte mich unter gekleckertem Beifall der amüsierten Strandhallen-Hautevolee hinaus, ein paar Stufen hinunter, zur Strandpromenade.

Die Sonne war wieder herausgekommen. Schweigend, ein wenig verlegen, zockelten wir bis ans Ende der Promenade, wo sie sich in den Dünen verliert und ein letztes Speise-Etablissement auf die abendlichen Gäste wartet. Wir traten ein. Der ältliche Wirt begrüßte uns als Stammgäste, seine Frau im Gefolge, fragte nach unseren Wünschen, servierte bald darauf seine exzellenten Krabbencocktails, hier im Ort wohl die besten. Da es sehr früh am Abend und noch still in der kleinen, nett aufgezogenen Wirtsstube war, setzte sich der Hausherr zu uns, ließ seine, den meisten seiner Gäste längst bekannte Geschichte los: Nach dem extravaganten Auftritt Marlenes, den wir bis jetzt – noch keines Kommentars für würdig gehalten – auf sich hatten beruhen lassen, die willkommene Überbrückung eines eigenartigen Tiefs in der Wetterlage unserer Gefühle. Im Hintergrund saß still die Wirtin, hörte ihrem Mann zu, eingerahmt von dem offenen Schiebefenster zur Küche, wie eine Mutter, die dem Söhnchen seinen übertriebenen Stolz gnädig verzeiht, dabei so überlegen wissend und milde lächelnd, als wäre sie die Fleisch gewordene Mona Lisa.

An dem, was der betuliche Gastronom uns als Beigabe zu seinen Krabben samt Toast auftischte, war weiter nichts, als dass der versierte Amateurfunker am 16. Juni 1963 mit der sowjetischen Kosmonautin Valentina Tereschkowa Signale aus dem All ausgetauscht hatte, was allerdings zu der touristischen Berühmtheit seiner Person führte, die immerhin das Speisehäuschen am Ende der Promenade – mit der Riesenantenne auf dem Dach als Wahrzeichen – dauerhaft am Florieren hielt, wohl bis ans Ende seiner gastrosophischen Karriere. Zusätzlichen Touch ergab sein aktuell übertriebenes Loblied auf die Stärke und die im Steigen begriffene Gleichberechtigung der Frauen, die es den überschlauen Männern demnächst gleichtun werden, das Universum und vieles Märchenhafte mehr in i h r e m Sinn zu erobern.

Er winkte freundlich, dieser kleine, gnädig tuende Macho, winkte seiner im Hintergrund zwielichtig lächelnden Holden, die das Winken, wie eingeübt, erwiderte und mit einer Handbewegung begleitete, als balanciere sie ein Tablett mit leckeren Meeresfrüchten, uns ihrerseits aufs Herzlichste für weitere Bestellungen zu animieren.

Des Gastronomen Lob der Frauen brachte mich auf das eigene Dilemma: Gewissermaßen hie Martha – hie Marlene und ich, an der maritimen Küste schwebend wie ein Mariner, der wohl unbeweibt nur ein halber Mariner ist, augenblicklich tatsächlich im Trüben fischt, wie behauptet worden war, weil ihm, nach vorschneller Betrachtungsweise, die Partnerin auf und davon gegangen. Leider weit gefehlt: Sie hatte mich ja nicht mutwillig verlassen, sondern war gestorben, dahingegangen, nach langen, langen Jahren beinahe unirdisch solidarischer Gemeinschaft. Unirdisch! Hochtrabender Peter! Hast sicher deswegen die Blüte vom Strandkorb 65 darüber noch nicht aufgeklärt! Viel zu dick aufgetragen, dieses Un-ir-disch! Wirkt verlogen, lächerlich, naiv, besonders im Nachhinein, wo das Gegenstück nicht mehr aus dem Nähkästchen plaudern kann. Martha ist ja auch wenig romantisch an einer unerforschten Blutvergiftung gestorben, derer die Verschworenen des Hippokrates nicht Herr geworden waren, trotz modernster apparatlicher Finessen und außerordentlich hoher Rechnungen.

Und doch fühl' ich mich wie Orpheus, dem seine Eurydike nur mal eben kurz im Orkus verschwunden ist und der sie aus ungebändigter Lust, ihre Lieblichkeit wiederzugewinnen – das Verbot bösartiger Götter missachtend –, aus dem Reich des Todes zu retten vermag. Konkret ausgedrückt: Ich bin unfähig, daran zu glauben, dass sie sich fern aller Lebenden aufhält, mir niemals mehr in glutvoller Körperlichkeit sichtbar werden kann. Der Opernfan lässt ständig den Ohrwurm des Willibald Gluck in meinem Kopf rumkreiseln: »Ach, ich habe sie verloren, all mein Glück ist nun dahin!« Stopp! Bin ich recht im Bilde: Ließen die Götter, allen voran Eros, in diesem Drama nicht Gnade vor Recht ergehen? Freilich, freilich, gut ausgedacht, damit die da im Plüsch anschließend auf das Gottchen Amor was zum Anstoßen haben, beglückt und befriedigt aus dem Theater heimgehen können.

Zart legte sich eine Hand auf meine. Wir saßen allein am Tisch. Der Funker hatte uns selbst überlassen, jeder ein Glas starken Tee mit Kandis und Rahm vor sich.

»Ach, Mar–lene.«

Sie seufzte ebenfalls. Äußerst zart, damit es ja nicht von mir bemerkt würde: »Ich hab' zwar dem findigen Tele-Spezi nur flüchtig zugehört ...« Als hätte sie meine Gedanken vom Spiel mit dem Tod erraten, hängte sie an ihr begonnenes Sätzchen: » ... mit seiner Dithyrambe auf die Weiblichkeit ist er doch womöglich einer der verkleideten Boten, die Zeus in Gestalt des Cupido ahnungslos auf der Welt herumvagabundieren lässt ...«

Ahnungslos! Wo doch Eurydike mit dem »Du, du liegst mir im Herzen« mich auf ihre Weise hat wissen lassen wollen, dass ..., ergänzte ich im Stillen. Aber wäre ich ein Orpheus, könnte ich ja weder anständig singen noch Harfe schlagen, nicht mal Gitarre zupfen, um meine Eurydike durch Musik zu erlösen. Kaum ein bisschen die »Elise« klimpern ist mir gegeben, und davon lediglich den Anfang: In der Mitte, wo's gefährlich und streng wird, bin ich stets aus dem Konzept geraten.

Ich raffte mich auf: »Die Rechnung bitte. Alles zusammen ... Wir danken: Ihre Krabbenmixtur war einsame Klasse ...«

Spaziergang in Richtung Ortsmitte.

Nach dem kuriosen Trubel Marlenes in der Strandhalle hatte uns der universelle Telepath offenbar beruhigt, einander wieder näher gebracht. Wir plauderten, als wäre nichts gewesen, wobei das »Du« ohne Scheu benutzt wurde.

Obschon, es rumorte, zumindest in mir. Wenn nur Martha eine Idee helfen könnte! Fühle mich so verlassen, so dumm. Wie ein Primaner mit dem ersten Schatz.

Würde sie mir wohl diese Frau, diese Cancan-Marlene, zubilligen, genehmigen, sie gut finden, wenigstens tolerieren? Wo die doch mit Sicherheit verheiratet ist …, mit 63! Mindestens verheiratet gewesen. Beharrlich schweigt sie darüber, lässt mich zappeln wie einen Fisch an der Angel, diese Furie, Casaneuse, Soubrette, Zickige, diese … diese Klimperhexe. Wohl doch eines von den emanzipierten Biestern, die alle Männer mit Genuss an der Nase rumführen. Wenn sie mir nicht heute, na, besser doch morgen, klipp und klar sagt, ob sie gebunden ist, mach' ich Schluss. Auf der Stelle. Es verdirbt mir nämlich meinen Rentnerurlaub voll und ganz. Nein – doch. Ich warte besser auf die geeignete Situation, und sollte es übermorgen werden. Weshalb die Eile? Es macht immerhin Spaß, sozusagen mit 'ner »Dietrich«, 'ner Marlene, in schlunzigem Nonsens rumzuziehen. Sie macht ja mit. Geht außerdem zum Angriff über – wenn ich an den Cancan denke! Oder … oder sind's ausnahmslos lächerliche Faxen einer vorübergehend ins Freigehege entlassenen Eheführerin, so wie's Martha und ich hin und wieder – durchaus unserer Liebe förderlich – getan haben? Ohne Seitensprünge, natürlich. Martha und Eskapaden! Mit 'nem andern! Niemals! Selbst wenn! Unserer Liebe hätte es keinen Abbruch getan, denn sie war so gegründet, dass ein fremder Knilch sie höchstens vorübergehend hätte eintrüben können. Ich selber? Damals, diese kleine, spillerige Autorin mit ihrem entzückenden Eifersuchtsromanchen, das ich gegen das gesamte Aufgebot meiner Lektoren zur Annahme durchgeboxt habe: Die hatte schon gut und gern ein paar Flämmchen in mir angeblasen. Aber Martha, niemals amouröse Geschichtchen, wie man sie in der Straßenbahn, auf dem Weg ins Büro nebenbei liest, leichtfertig verkonsumiert. Na ja, der finanzielle Erfolg des Taschenschmökerleins jener Kleinen konnte sich sehen lassen – und mein Schwiegersohn macht heute fast ausschließlich solchen trivialen Kram aus zweiter oder dritter Hand, von den neu engagierten Lektoren duftig parfümiert. Aus diesem Grund halte ich mich ja mehr und mehr zurück, was unser top-neues Verlagsprogramm angeht – wenn auch mit schmerzhaften literarischen Skrupeln im Hinterkopf: Allein verschworene Liebe ist die fortgesetzte Gelegenheit, sich einen hellen Fleck in unserer, trotz manchem Unheil unvergleichlichen Welt zu erhalten; mit dieser Klausel einzutreten in den Reigen des großen Weltspektakels, sollte das als Konzept für einen Verlag nicht übergenug sein, seine Existenzberechtigung zu beweisen, finanziell handlungsfähig zu bleiben ...?

»Peter, du hörst mir überhaupt nicht zu«, weckte mich Marlene aus dem Grübeln.

»Doch, doch ..., Geliebte.« Sie hat P e t e r gesagt. Also hat sie für mich was übrig ...

»Du bist zerstreut, träumst wahrscheinlich fortgesetzt von deiner Martha. Ich merke, sie bewegt dich noch sehr. Aber morgen, morgen kommt wieder ein Tag, ein n e u e r Tag. Ihn wollen wir, ungeachtet dessen, gemeinsam verkosten. Oder nicht, Peter?«

Da umfing er sie, berührte zart ihre Lippen in einem Kuss, mitten auf der Straße, wie junges Volk, das keine

Scham kennt, dem beim Liebemachen alle Zuschauer herzlich gleichgültig sind.

»Oh Martha ...«

»Gute Nacht, Peter. Schlaf gut. Träum was Schönes.«

Nach dem Abschied entdeckte ich den Kerl mit dem Zeichenblock. An einen Zaun gelehnt. Er kritzelte angelegentlich. Verstohlene Blicke dabei auf uns.

Wer ist das?

Was will der?

Sein hinterhältiges Schmunzeln geht mir allmählich auf den Keks.

C h é r i e !
»Kamst du a u c h
mit dem Nachtzug?“
»Nein, i c h bin
bei Tag gekommen,
nicht heimlich,
als wär’ ich geflohen.«

P e t i t C h é r i e !
»Kalter Hauch,
vom Festland mitgebracht,
löschte mir alle Kerzen,
schlagartig,
als hätten sie nie gebrannt,
als hätten sie nie gebrannt.«

M o n p e t i t C h é r i e !
»Nur leise Musik
lässt sich hören,
zum Tanz aufgespielt,
’s klang so fremd,
so fern,
als möchten die Klänge warten,
bis der Spuk vorüber,
Sonnenglanz und Kerzenschimmer
aufs Neue ihr Spiel beginnen,
aufs Neue ihr Spiel beginnen.«

IV

Plötzlich stand sie vor der Zimmertür der Pension: Sina, meine erwachsene Tochter.

»Von wem hast du erfahren, wo ich mich aufhalte?«

»Tja, Peter, von wem wohl?«

Söhne und Töchter sagen derzeit nur selten Papa, Mama oder Mutti, lediglich die Vornamen der Besagten sind, Abstand haltend, gebräuchlich geworden. Besonders dann, wenn die im Middle Age Befindlichen glauben, ihre Erzeuger zum alten Eisen werfen zu dürfen, sich auf der Überholspur ihrer Lebensbahn – dem allgemeinen Stress sowie sonstigen neuzeitlichen Plagen ausgesetzt – die »vorsintflutlichen« familiären Hemmschuhe durch »praktikable« Lösungen zu killen berufen fühlen, die Erzeuger auf Abstellgleise rangieren, in mehr oder weniger »artgerechten« Altersheimen auf »redliche« Art versauern lassen.

Ich erfuhr, dass Sina über eine Postkarte an die von mir kürzlich engagierte Haushälterin – auf der ich darum gebeten hatte, mir ein paar Oberhemden nachzuschicken – meinen Aufenthaltsort herausgekriegt und sich im Verlag frei gemacht hatte, um als besorgt tuender Racheengel dem Peter genannten Alten die Rübe zu rasieren. So deftig drückte sie sich freilich nicht aus, die töchterliche Sorge zeigte sich mehr in honigtropfenartigen Vorwürfen.

Ich nahm sofort die Sache in die Hand: »Du kannst hier in der Pension ein Zimmer bekommen. Sicher kein besonders tolles. Wahrscheinlich nur 'ne Kammer im Dachstuhl. Man ist ausgebucht. Heute Abend gehen wir dann zusammen vergnügt essen. Nur noch Marlene wird dabei sein …«

»Wer ist das?«

»Eine Urlaubsbekanntschaft.«

»Nur …?«

»Sicher. Was sonst?«

»Na, 'ne Freundin. Ein Jahr nach Marthas Tod wäre es bei dir denkbar.«

»Denkbar schon, indessen …«

»Was heißt in-des-sen?«

»Wenn du meine sprachlichen Eigenschaften als Autor einiger Schmöker anzweifelst: In-des-sen heißt aber, hingegen, doch, jedoch, gleichwohl, trotzdem, dennoch, dagegen, wogegen, wohingegen, immerhin, zwar, allein, allerdings, freilich, nur, vielmehr, im Gegenteil, richtiger, besser: Nimm dir davon, was du annimmst, dass es das Richtige sei.«

»Also d o c h …«

»Warum nicht?«

»In deinen Jahren, Vater!«

»Bleiben wir bei Peter. Unsere Distanz ist mir im Augenblick sehr angenehm, vorzugsweise, weil ich durch dich und deinen werten Mustergatten bestens daran gewöhnt bin.«

»Du redest drumrum.«

»Das ist insofern richtig, als ich selbst über das Verhältnis zu Frau Marlene ziemlich unvollständig im Reinen mit mir und ihr bin.«

»Du bist mir keine Rechenschaft schuldig ...«

»Wie großzügig.«

» ... aber ein kräftiges Stück Anstand geht dabei hops. Vornehmlich, was nach außen hin, der Integrität unseres Verlages wegen, notwendig wäre.«

»Getuschel in der Öffentlichkeit um wohlbusig dekolletierte Kapriolen heben das Geschäft an allen Ecken, so auch im Buchhandel. Und, mein liebes Kind, was den Anstand betrifft, den du ins Feld führst, habe ich von der jetzigen, im Schwange begriffenen Jugend, nicht zuletzt von dir, kleine Sina, einiges gelernt, nämlich, dass die Welt gegenüber allem und jedem keine Bohne Artigkeit mehr kennt oder der Ansicht ist, leicht darauf verzichten zu können. Du siehst, ich bin lernfähig bis ins hohe Alter, bin topp auf Draht und up to date wie ..., wie einer der letzten Mohikaner unserer großartigen Zivilisation. Wobei mir voll bewusst ist, dass das von jedem Hanswurst unaufhörlich prostituierte Schlagwort wie ein Gebet heißt: modern, modern, verdammt, und nochmals modern.«

Sie hörte kaum mehr zu. Einzig die Anrede »k l e i n e Sina« schien ihr an die Nieren gegangen zu sein: »Nenne mich bitte nicht k l e i n e Sina. Mit dieser hausbackenen Herablassung ist es vorbei. Die altgewohnt biedere Floskel hat ihren Sinn verloren.«

»Genau dahin, gnädige Frau Verlagsdirektorin, zielt ja auch das Tabubrechen, dass alle, die angeblich ihr Leben gelebt haben, keiner Geliebten den Hof mehr machen dürfen. Im Zuge der Entwicklungen, durchaus modern, haben sich die Verhältnisse erweitert, entfaltet, meine Liebe, denn es gibt in irdischen wie himmlischen Bereichen junge und alte verehrenswerte Engel. Während du mit deinem Mann das nervenzehrende Mühlrad des Profits weiterdrehen musst, bin i c h endlich ins Paradies eingezogen, wohlverdient, wie ich meine, sowie bar jedes schlechten Gewissens, euren Ansichten nach freilich ohne Sinn, ohne Verstand und einiges, in euren Augen sonst wie Gescheite. D a r ü b e r sollte mal jemand ein Buch schreiben: Paradiese gibt's in jedem Alter, vorzüglich jedoch, wenn man nicht mehr wie ein pflichtgerechter Idiot tätig sein muss, wozu wenig notwendig ist, lediglich ein bisschen schlichtes Leben seinen Zoll verlangt: Sofort bekommt selbst eure um jeden Preis rentabel aufgetakelte Chose ein anderes, helleres, frischeres, wenn du willst menschengemäß zufriedeneres Gesicht.«

»So! Chose nennst du es, wenn unser Betrieb am Rande seiner Existenz laboriert ...«

»Ja, ja, noch nie war die Situation so ernst wie zurzeit: Der alte Kokolores politischer Seiltänzer. Aber wenn wir, nein, wenn i h r und a l l e, vom Zwang der gegenseitigen Konkurrenz Frustrierte, sich dauernd Fortschrittsammenmärchen erzählen, dies weiterhin und wachstumssüchtig tun, wird die Situation ewig ernst bleiben. Kein Baum wächst in den Himmel. Das ist natürliches Gesetz. Also muss w i r k l i c h e s Entwickeln anderswo gesucht werden als im gierigen Geldmachen. Lass den Verlag ruhig Pleite gehen: Um ein paar offene Türen einrennende, Pseudowahrheiten reformatorisch hüstelnde Zeitgeistler und kassenschlagerliche Trivialitätenscheißer, die n i c h t verlegt, gedruckt und vertrieben werden, ist es keinesfalls schade. Und zum Lebensnotwendigen kann jeder kommen, so er keine großmogulischen Ansprüche vertritt.«

Sina geriet außer sich: »Du bezeugst Vagabundentum, François-Villon-Zustand, die große Feigheit vorm Leben ... Und du, d u , der du dein ganzes Leben darauf bedacht warst, deinen ehrwürdigen Verlag, vom Vater zu treuen Händen übergeben, mit Seriosität durchzubringen, du redest so! Ich verstehe dich nicht mehr.«

»Ich bin, naturbedingt, seit ein paar Wochen ins Land Orplid der Alten und Weisen verzogen.«

»Unsinn. Kindische Blödheit.«

»Schau, Sina, die Zeiten haben sich geändert. Das Bewusstsein der Erdbewohner steht im Wandel, indem das rein Materielle im letzten Aufflackern begriffen ist, bald eine höchstens zweitrangige Rolle spielen wird. Wobei »bald« durchaus noch die Dauer von ein oder zwei Jahrhunderten haben kann. Weshalb darf ich als kluger, wie ich annehme, weitsichtiger, wenn auch abgelebter Mann also nicht ebenfalls noch ein kleines bisschen wandlungsfähig sein? Besonders als einer, der den herrschenden Sperenzchen innerlich weit voraus ist? Was w a r , ist unwiederbringlich, einzig über Bilder erleb- und erfassbar, gleichwohl keineswegs vergessen oder gar verloren. Morgen, womöglich erst übermorgen, verlangen die Mutationen der immerfort rollenden Zeitalter bei günstigen Konfigurationen t a t s ä c h l i c h

Besseres, nicht mehr das ewig versprochene, vorgegaukelte Gute, sondern ausdrücklich das wirklich Umgesetzte, von Herz und Geist Zusammengefasste: Propagiert diese Zweieinigkeit, meine lieben Büchermacher, nehmt ein paar Götter hinzu, wie die alten Griechen, mit denen die über viele Generationen weitaus glücklicher waren als wir Armen heute – ohne jegliche Himmelsfreude, illusionslos, bar jedes sinnvollen Anfangs und Endes. Zweifellos würdet ihr für solch vertretene Ansicht keine Staatsorden bekommen, jedoch, klug lanciert, mit der allerorts mehr und mehr auf den Nägeln brennenden Bewusstheitslage hohe Auflagen erreichen, würdet durch unbedingt poetisch abgefasste Proklamationen, angereichert mit ein paar klitzekleinen Fünkchen Einsicht, Weitblick, Mutterwitz, ganz gewiss das Geld für euch und eure Mitarbeiter verdienen, was eine solche Arbeit wert ist. Ich allerdings gehe heute Abend um halb neun mit Marlene elegant im Kurhausschuppen speisen. Du bist herzlich eingeladen.«

»Pah!«, war das Einzige, was Sina von sich gab; sie verschluckte sich bei den giftig hervorgestoßenen Worten »idealistischer Humbug« und trat den Rückzug an in ihre netterweise zur Verfügung gestellte Dachbude der ansonsten ausgebuchten Pension.

Ungeachtet ihres energischen »Pah« erschien Sina pünktlich. Überpünktlich. Die Neugier juckte sie wahrscheinlich mehr als ihr lieb war. Weiter gedacht deshalb, da zu befürchten stand, dass sich bei einer Einheirat in die väterliche Firma für sie als Erbin ungünstige Aspekte ergeben könnten. Da müsste schon genauestens eruiert werden, mit wem man's schlimmstenfalls zu tun bekommen wird.

Der Tisch mit drei Gedecken und Blick aufs nächtliche Meer war festlich geschmückt und mit Kerzen bestückt, fast wie im letzten Akt des mozartischen »Don Giovanni«. Keiner ahnte, dass der Ausgang ein ähnlich höllenpeinlicher sein würde wie auf der Bühne, wenn auch ohne steinernes Rachedenkmal, ohne Geisterchor und Flammeninferno, gleichwohl mit dem ebenso unangenehmen Absturz des Peter genannten Protagonisten.

Zunächst verlief das Beisammensein der drei in einer erklärlichen Konstellation von Kühle, Steifheit und konventioneller Nettigkeit. Man streifte im Gespräch lange Nebensächliches, kam vom Hundertsten ins Tausendste bei ausgezeichnetem Küchenangebot. Dabei wurde sich über kreuz, quer und diagonal aufs Kritischste beäugt, mit öfter rasch aufblitzenden Seitenblicken. Ein Haken an der Sache, dass ich Sina nicht als meine Tochter vorstellte, sondern als überraschenden, lieben Besuch aus der Heimat. Ganz zufällig. Weshalb ich das tat, mögen die Götter klären. Sina jedoch erfasste diese Chance sofort. Die Verlegertochter erhob keinen Einspruch, blieb inkognito, kokettierte zuckersüß, wie eine sehr intime Freundin, im Stillen triumphierend, darauf luchsend, als verschwiegene Flamme, Betörerin, ja Liebste ihres Peters bei der Neuen die Eifersucht aus fahlen Verstecken zu locken. Die Rache an ihrem so fortschrittlich tuenden Väterchen flößte ihr sichtlich Befriedigung ein. Sie schauspielerte als junge Nebenbuhlerin exzellent, ja mit verblüffender Bravour, wobei es ihr logischerweise wenig schwer fiel, dem Alten ein Küsschen auf die Backe zu drücken oder geheimnisträchtige, tiefe Blicke in seine Augen zu senken.

Du kleines Biest! Vor Wut hätte ich beinahe auf die Gabel gebissen. Marlene hingegen blieb korrekt, scheinbar unberührt. Ihre Beherrschung war bewundernswert! Allerdings hatte ich bemerkt, dass sie bei der allgemein gehaltenen Vorstellung zu Beginn des Abends blass geworden war, sich anfangs mit einiger Mühe zu fangen versucht hatte. Dies wiederum bestätigte mir, dass ich ihr nicht gleichgültig sein konnte, was mir eingab, sie mit Sina ein wenig zu provozieren – ich verfluchter Schuft! Doch es gelang mir nicht. Keineswegs. Im Gegenteil, Marlene wurde immer aufgekratzter, bestellte Champagner, fabulierte allerlei aus ihrem scheinbar reiselustigen Leben, im Grunde Belangloses, indessen geistreich, witzig serviert. So was konnte sie ja gut, das hatte sie mit dem Entertainment in der Strandhalle bewiesen.

Wie ein in Theaterstücken die Handlung vorantreibender Bote trat für alle unerwartet ein Kellner auf, bat Marlene leise zur Rezeption in die Hotelhalle. Sie ging, kam kurz darauf zurück, entschuldigte sich mit dem Hinweis, ein alter Bekannter sei eingetroffen, ein guter, ein s e h r guter Freund wünsche sie dringend zu sprechen; huschend lächelnder Triumph, womöglich dem Zufall zu verdanken, begleitete ihre Erklärung.

Kalt und heiß lief es mir über den Rücken: Martha, was sagst du dazu? Du hattest mir längst genehmigt, die neue Liebe nicht zu verschmähen, wenn sie denn ... Und nun ...? Jetzt taucht tatsächlich der Ehemann auf oder 'n sehr guter Freund und ..., und ich sehe mich im Handumdrehen so alt, wie es Sinatöchterlein gern haben möchte.

Nachdem Marlene sich herzlich für den netten Abend bedankt hatte, schritt sie betont langsam quer durch den Speisesaal auf die Eingangstür zu, als ob sie erwarte, ich würde hinterherkommen. Schweigend verfolgten wir, Vater und Tochter, den Abgang. Im Stillen glaubte ich – mochte es mir über den federnden Gang, über den Schwung ihrer wunderbaren Hüften einbilden –, sie spiele wahrhaftig einen mit Glück gezogenen Joker aus und als grinse mir darüber ihr züngelnde Flämmchen erweckendes Hinterteil zu: »Siehste, Peter, wer nicht wagt, wer zu spät kommt, den straft das Leben.«

Ich rutschte ins Depressive ab. Martha hilf! Wo find' ich dich? Du Sichere! Du Mitfühlende! Schau doch, wie ich dem wütenden Spiel von Hexen ausgeliefert bin!

Statt Martha oder Marlene streichelte mir Sina in katzenfreundlichem Behagen übers Haar, dem von ihr plötzlich zum Senex umgepolten Johannistriebling 'ne Hand voll familiären Trost zu spenden.

Da!

Marlene erschien wieder. Ein Herr im Gefolge. Natürlich. Der Ehemann. Ein Muskelpaket, ein Bulle, beängstigend rotgesichtig. Mit solchem Kerl im Bett! Also hatte sie wegen dem da ihr Verheiratetsein verschwiegen. Sie schämt sich. Klar, geniert sich. Armes Luder. Der Liebe Schwester namens Mitleid umgarnt mich. Sie muss erlöst werden von dem Übel. Rück-sichts-los! Die Scheidung betrifft allein sie. Ich bin ja frei. Hallo …, da ist noch Martha! Möcht' ihr halt doch ganz gern, wenigstens im Oberstübchen, treu bleiben, aber …, nebbich!

Unsinn! Martha hält mich schon in vernünftigen Schranken. Dafür kenne ich sie zu gut. Neben mir, am Tisch, unser strenges Töchterchen, sie ist die Schikane des Anstoßes, die mich, den gerade aufatmenden, tränenumflorten Träumer – bei voll intaktem Bewusstsein – dem Maul des Orkus' zu fressen geben möchte … Haha, immer wieder diese … diese dumme Orpheusschnulze!

Marlene hatte uns kurz von der Tür aus zugewinkt. Der Purpurschwellkopf gleichfalls. Gelächelt hat er sogar und sich leicht verbeugt. Ich empfand wie Messerstiche, dass er in seinem Lippenverziehen und Dienern mir gegenüber geheimen Spott versteckte, nein, offen, ganz offen zutage treten ließ.

Na denn Prost, Kurschatten! Alter Schwachkopf! Was soll's!

Die einzige Befriedigte dieses Abends schien offensichtlich Sina. Einem Idioten gab sein Töchterlein anstandslos diese Erkenntnis ein. Weshalb hab' ich Marlene nicht sofort reinen Wein eingeschenkt? Das kommt von der altmodischen, moralinsäuerlichen Zurückhaltung meiner Generation. Junge, die kennen keine solchen unnötigen Hürden: toll, beispielhaft, buchenswert. Zur Nachahmung empfohlen. Martha, Schatz, siehst du, wie ich leide? Daneben unwürdiges, gimpelhaftes Geplänkel. Törichte Liebelei. Nichts sagende Küsschen eines für mehr oder weniger brachliegend angesehenen, folglich ungefährlichen Pensionisten.

Aus Wut bat ich Sina in die Bar. Dort winkte eine kleine Tanzfläche, ihr mattgläserner Boden, von unten in vielen Farben beleuchtet, verbreitete magisches Ambiente. Ich werde singen müssen wie Orpheus – spann ich während des gemächlichen Tanzens mit Sina den eifersüchtigen Faden innerlich weiter, um meine Eurydike aus den Klauen des Tantalus loszueisen, dem fürchterlichen Kerker eines Titanen, dem sie gemäß ehelicher Frevelgesetze untertan zu sein hat. – Erwiesenermaßen kann ich aber schlecht singen. Höchstens ein paar alte Schlager. Erhabenes aus meiner Kehle wäre pietätlos Frau Melpomene, der Muse des Gesanges, gegenüber. Mann, Peter, du führst dich auf wie ein maulaffiger Simpel, spinnst, als wolltest du in 'ner komischen Oper agieren, wenn nicht gar in 'nem Musical. »Glücklich ist, wer vergisst, was halt nicht zu ändern ist.« Ach ja, guter alter Johann Strauß und deine »Fledermaus«. In der ist j e d e r in seiner Rolle tausendmal klüger als ich, trotz Theater und Wiener Schmäh.

»Immer nur lächeln und immer vergnügt«, oh Franzel, Meister Lehár, publikumsfreundlicher k. und k. Militärkapellmeister aus der larmoyanten österreichisch-ungarischen Monarchie, was bist du klug und weise, beinahe schlitzohrig wie Sokrates. Ich Trottel. Diese, m e i n e Lene, ist d e i n e »lustige Operetten-Witwe« nicht. Darüber zu trauern, wäre Narrheit: Lediglich eine stramme Haus- und Herdverwaltung ist ihre Verpflichtung, bis dass der Tod sie scheidet. Sie lässt geflissentlich fremde Liebhaber abblitzen, indem sie ruck-zuck ihre andere Hälfte herbeizitiert, die alle Hirngespinste im Überdruck windiger Gefühle flott zum Platzen bringt. Sina und ich tanzten jetzt auf ein Walzerkleinod, das das gelangweilte Bar-Trio so fürchterlich verunstaltet herunterleierte, als wäre es nie und nimmer für einen Kaiser komponiert gewesen.

Dann trat Marlene mit ihrem kopfroten Dobermann auf. Sie tanzten, was mir das Blut zu Kopf steigen ließ. Sina hielt mich eisern fest, riss selbstherrlich die Führung an sich, verhinderte jedes Näherkommen. Momentan auf einen rührselig gezogenen Blues, wie ihn drei müde »Lyraschläger« kurz vorm Ende der Veranstaltung darbieten, mutlos, trist, als würde es im Saal unablässig Bindfäden regnen. Oder empfinde ich es nur durch meine eigene Kopfhängerei so?

Jetzt packte i c h Sina entschlossen am Arm, zog sie unsanft aus der Bar: Einer unvermeidlichen Bekanntschaft mit Marlenes Mann wäre ich derzeit nicht gewachsen. Und noch dazu unter Sinas spöttischen Augen! Heute auf keinen Fall mehr. Morgen, morgen vielleicht, beim Smalltalk: »Freut mich Sie kennen zu lernen. Augenblicklich sind die Tage hier oben erstaunlich warm, nicht wahr? Möchten Sie eventuell reiten? Nicht? Schade. Sie sehen aus, als hätten Sie den nötigen Gusto dafür.« Frech gedacht, mein lieber Peter. Außerdem wenig objektiv. Denn dieser Typ von einem … Pinscher, alles was recht ist, bewegt sich vorzüglich, elegant, nett, trotz seiner Korpulenz, unaufdringlich, wie eben ..., na, wie halt ein tüchtiger, existenziell gesicherter Bürger mit dem Vorrecht des Standesamtes an der Frau. Womöglich schon gleich lang beisammen wie ich mit Martha selig ... Die dürfen noch miteinander ... Ich armer Hund ... Der blasse Neid ... Martha, Martha, wohin ist dein Peter geraten! Durch dich, deine Liebesfesseln, bin ich jeglicher freien Wildbahn entwöhnt. An eine gnädige Frau geraten, die's mit mir treibt, als wär' ich ein halb entlarvter Heiratsschwindler, den man strampeln lassen, im richtigen Moment überführen, seiner gerechten Strafe zuführen muss. Mein letzter Gedanke, Morpheus hatte mich schon mit seinen Schlafgeistern am Wickel: »Die ›Elise‹ vom ollen Beethoven könnte ich ihr ja zur Not bieten. Ob freilich damit der böse, rotweingesichtige Höllenverwalter zu verscheuchen geht, bleibt fraglich, ziemlich ... fraglich ...«

Am nächsten Tag reiste Sina sozusagen unverrichteter Dinge ab. Dich, Hetäre, wären wir los! Der rotlichtige, stierhafte, ehemännliche, grinsende, schöntuende Nebenbuhler ... Mann Gottes! Der blieb. Durfte, von göttlichem Gnadentum bewacht, hier sein. Wurde mir nicht mal vorgestellt, worüber ich ja eigentlich froh bin. Denn dann darf ich weiterhin diesen Mannskerl guten Gewissens beschimpfen. Inwendig natürlich, das versteht sich. Öffentlich würde das Marlene niemals tolerieren. Und es wäre endgültig aus mit unserem ..., unserem Techtelmechtel ...

Gestern rempelte mich doch der Unbekannte, eine Zeichenmappe unterm Arm, auf offener Straße an. Lachte wie ein leicht Verrückter. Entschuldigte sich. Zog höflich seinen schwarzen Filzhut und verschwand in einer Seitenstraße, Richtung Strand.

Geständnis

Oh Martha ...!

Nicht geflüstert, verstohlen,
im Lauf der Nacht,
sondern bei Tag,
am hellen Zauberstrand,
unter Sommers Sonnenglast,
wo Eros so frech gegrinst,
da war aller Zweifel verflogen:
Von Kopf bis Fuß, ahoi, Marlene!
Geliebte von Herrn Orpheus. Heureka!
Errettet beide,
dem Hades entfleucht,
errettet beide,
dem Hades entfleucht.

Oh Martha, Martha, verzeih ...!

V

Längst war das vorgenommene »Morgen« oder »Übermorgen« zum »Reinen-Tisch-Machen« vorbei, ohne dass etwas Besonderes geschehen wäre.

Ich wette, Martha ..., pardon, Marlene muss mit voller Absicht den Ausflug auf das kleine, südlich der Hauptinsel im Wattenmeer gelegene Eiländchen geplant haben, denn alles was dafür nötig, führte sie in einer großen Badetasche mit. Was soll der riesige »Kulturbeutel« auf der harmlosen Partie? M i r kann's egal sein: Frauen haben öfter eigenartige Ansichten, was ihre Taschen betrifft.

Immerhin, neue Hoffnung reckte keck den Hals: Von dem Angetrauen war zunächst keine Rede, ich fragte nicht danach, erfuhr nebenbei, dass er zu arbeiten, Telefonate zu führen hätte. Hoi, grünes Licht! Sollte der doch nicht ... Oder ein verrückter Geschäftsmann sein, dass er die Seine über allem Kommerz so frei sausen lässt? Aufgepasst, Peter! Solche Leute können gefährlich werden, wenn's um die Ehre geht, sich als Besitzer einer Prachtstute hintergangen zu fühlen.

Ein graubärtiger Fischer brachte uns mit seinem motorisierten Schlauchboot auf die »Vogelkoje«, ein Reservat für Befedertes und Geflügeltes. Kein Bewohner vor Ort. Im Augenblick schien die Station unbesetzt. Wie sich später herausstellte, gab es allerdings doch noch jemand. Mehr darüber zu gegebener Zeit.

Der Alte, der uns gebracht hattc, beruhigte uns über den touristenfreien Status dieser rundlichen Erhebung im Meer zum Zweck ungestörter ornithologischer Studien: In Ausnahmefällen dürfte er von Amts wegen soliden Gästen einen Tag in dieser Verlassenheit genehmigen. »Sollte der Chef dat Muul verzeugen, seggt dem Kirl, Ohl-Jochen wär hier taustännig, woll? Daat löpt sich dann glicks taurecht. Moin, moin, un ’n gooden Dag noch.« Winkend verschwand er in seinem Boot, wollte uns abends wieder abholen. Dass Marlene diese Sondererlaubnis durch Bestechung zuwege gebracht hatte, darüber wurde bis auf den heutigen Tag niemals geredet, obwohl ich annehme, so was Ähnliches muss bestimmt eine Rolle gespielt haben.

Der von Naturschützern und einem Forschungsinstitut einzige eingesetzte Dauerbewohner war, laut Ohl-Jochen, an diesem Tag gewissermaßen auf Freigang, rüber zu der größeren Insel geschippert, dort einzukaufen, was für viele Tage oder Wochen zu geschehen hatte, da nicht abzusehen war, ob wegen ungünstiger Wetterverhältnisse das Übersetzten gefahrlos durchzuführen wäre.

Wir gingen am weltfernen Strand …, urzeitlich, frühkulturell. Ordentliche Badesachen hatten wir nämlich vergessen – so spätkulturell bequem wir dachten –, vielleicht jedoch absichtlich, vorgriechisch, minoisch. Oder etwa sexy-modern? Also Martha, ehrlich, auf einmal sooo …, wie unbedarfte Kinder vor der Endlichkeit?

»Kennst du das Land, wo … Zitrusfrüchte …?« Was blüht dort sonst noch? Mein Gott, oder besser: ihr Götter! Wir spielten, verfolgten uns …, zärtlicher Himmel …! Sie mich …, ich sie … Oh, Mar-

»Du …«

»Ach, du …«

»W i e denn …«

»Was n o c h …?«

»Nein …, nichts …«

»Doch …«

»Mehr …«

»Lass mich aus …«

»No, Sir …«

»Aber dein …«

»Du Dummer. Kein Aber …«

»Oh Mar-lene, wie bist du auf einmal so von Kopf bis Fuß auf …«

»Liebe einge- …?«

»Alle Englein gucken zu …«

»Tanzen möchte' ich, jauchzen möchte' ich, in die Welt es schrei'n …«

»Ja, oh ja … Wie?«

»Wat maakt ihr 'n do?«, eine helle Stimme von nirgendwoher. Ach nee, von da oben, aus dem windschiefen Astwerk.

»Wir machen Lie- …«

Marlene legte mir zwei Finger auf die feuchten Lippen. Gradso wie Martha, meine alte …, von Kopf bis Fuß auch sie, sie allein …

»Ick bün Klaus, dem Vogelkojer sin Gehülfe. Hei is an Land iinkaufen.«

»Du bist doch der Boy aus dem Hotel«, sagte Marlene. »Dort sprichst du aber Hochdeutsch.«

»Hier quak ick *sou*. In 'ne Natur geiht dat annersrüm.«

»Soso, dann komm mal runter«, forderte ich ein wenig ärgerlich den heimlichen Zugucker auf.

Der Junge sprang. Sein Hosenfragment, einziges Kleidungsstück, hielt er zur Sicherheit mit einer Hand fest, dass es sich nicht eigenmächtig dem Erdboden näherte.

Marlene sagte: »Sei brav, Jungchen. Du bist als Cupido erkannt.«

Ich, in gespielter Empörung zu Marlene: »Cupido! Nee, nee, die Frechheit in Person.«

»Wer seid 'n *ihr*?«, fragte der Junge, ein zirka dreizehn- oder vierzehnjähriger Frischling.

Was sollte ich in dieser verfänglichen Situation antworten? »Ich bin ... Wir sind ...«, erst gedruckst, darauf forscher: »Ich bin Orpheus, weißt du. Ein Held aus Griechenland.«

»*Mein* Name Eurydike«, spannte Marlene sich entschlossen in das heikle Spielchen ein.

»Wir haben uns fürchterlich gern.« Zart streichelte ich Marlene den Rücken. Die küsste mich daraufhin, offensichtlich mit tief gehendem Genuss, worauf meine Hände durch ihr Haar fuhren, das sich leise im Wind bewegte.

»Kann ick do glicks moal mitdun?«

Um Gottes willen. Jetzt hatten wir den Salat. »Jungchen, Cupido, Amor, kleiner Göttersohn, zieh fix deine Buxe fester ...«, ich kam ins Stottern: »So keinesfalls. Mit uns und hier über- ... überhaupt nicht, niemals.«

»Worum nit, Herr Or-, Frau Dike? Un wo leiht daat oll Griechenland? Ons Liehrer hat noch nie wat dorö-wer tu uns vertellt.«

Ich lachte: »Das glaub' ich dir gern«, sah dabei Marlene an. Sie mich. Wir lachten im Duett. Inzwischen hatte sie sich ein Kleidungsstück übergeworfen, ich Marlenes Tasche vor mein Sacrarium gestellt. Nun musste Ernst gemacht werden: »Was Liebe ist, weißt du. Mutter und Vater.«

»Vadder on Modder, woll, woll.«

»Zweisamkeit ohne was an, kommt da schon mal vor. Aber immer ganz zuletzt. Hörst du? Es ist das Signal größten Vertrauens und innerer Verbundenheit, das heißt, wenn zwei Menschen sicher sind, füreinander auf der Welt zu sein. Dies sage ich sozusagen im Auftrag deines Lehrers zu dir. Zu Anfang müssen Mann und Frau ...«

»Aach so. Hew ick mi daacht«, entfuhr es dem lütten Boy.

»Jedes sorgsam und bedachte Wesen hat äußerst lange an- ... angezogen zu lieben, sollte seine Zuneigung heikel heilig, als Bitte und Dank betrachten, sowohl im Geben wie Nehmen.«

Der Junge hörte fasziniert zu. Ein Evangelium schien ihm eröffnet zu werden.

Marlenes Blick streifte meine Person, als offenbare ich ihr meine tiefsten Empfindsamkeiten, die sonst nur schwer für die Liebeserklärung eines Mannes in Worte zu fassen sind.

»Hast du verstanden?«

Der Junge nickte unmerklich, dabei schloss er kurz die Augen.

»Allein s o «, fuhr ich fort, »allein so weiß jeder Partner, ob er mit seinem Gegenüber wahrhaftig an der richtigen Adresse ist. Funktioniert das Gleichgesinntsein in den Kleidern schlecht, nicht in Haus und Hof, bei maliziösen Herausforderungen des Lebens, dann wird das ... das sozusagen Unangezogene zum rasch verrauchten Späßchen, nicht m e h r als 'n Sahnebonbon, von dem – zu viel gelutscht – nichts übrig bleibt als schlechter Geschmack und die Gelüstigkeit auf neuen Zuckerkram, der immer gleich schmeckt, zum Schluss fade, doof und langweilig wird. Das zu prüfen, in den Kleidern, dauert lange, manchmal s e h r lange, bis eben beide tatsächlich wissen, ob die Wahlverwandtschaft gut und fest bleiben kann zwischen ... zwischen zwei Kindern des Olymp.« Ich blickte Marlene fest in die Augen, als wollte ich sagen: »Wie sollen wir hüllenlosen Pseudo-Hellenen uns hier anders herausreden vor dem Knaben.«

»Daat is man also watt Hohes, woll? Ons Zeichenliehrer maacht Unnericht im öbersten Stock in de Schoul. Wir seggen Heine tu him, seggen ooch gern tau him, er wär oll Hein vom Olymp, woll?«

Oh Glück, du kleiner Unberührter!

Wir lachten: »So ähnlich, Klaus. Jetzt halte dich nur schön brav bedeckt. Und wenn du auf 'ne Deern triffst, sei ordentlich bekleidet, frisiert und sauber gewaschen, ja ...?«

»Sonst, na sonst is es Sex, woll?«

Also d o c h kein Dummerjan.

»Wie beim Fernsihn, ins Hotel, woll?«

»So ähnlich, du lütten Amorapostel. Jetzt verzieh dich bitte. Wir müssen noch en büschen beten, ob wir wirklich ohne weiteres einem gewissen Gott Eros opfern dürfen.«

»Wer is daat nu wedder? Och sun Kirl aus dem beten betafen Griechen-land?«

»Von d e m erzähl' ich dir ein andermal, Kläuschen. Fürs Erste koch doch mal was im Haus, wenn du uns schon Gesellschaft leisten willst. Für uns und den Vogelkojer, deinen Chef, gleich mit. Wenn er aufkreuzt, sollte ordentlich was zu spachteln auf 'm Tisch stehn.« Ich hatte Glück: In die rechte Kerbe gehauen.

»Woll, woll, Herr Orpheus. Moin moin.«

Er verschwand, trabte zum Häuschen. Aus dem Schornstein qualmte es schon bald, es duftete verführerisch nach ausgelassenem Speck und Zwiebeln, als ob neuerdings eines Teufels Smutje auch hier, im Unbeleckten, eine Fastfoodbaracke eröffnet hätte, Jung und Alt himmelhöllisch mit ungesunden Gaumnenkitzlern zu versorgen: Preiswert oder teuer, Sünde oder Segen, in jedem Fall ist's nie mehr oder weniger, für was wir's ansehn. Genauso wie m i t den oder o h n e die besagten Klamotten, jedenfalls unentwegt in Fakten, wie's das geile Leben verordnet.

Nach dem Abgang von Kläuschen Cupidosius verhielt

sich Marlene still. Bewegungslos lagen wir nebeneinander im Sand. Wir schämten uns plötzlich ein wenig.

Die Mittagssonne brannte ungewöhnlich kräftig.

»Erst wenn man alt ist wie wir«, begann Marlene, flüsterte, folgte wie zufällig meinen Gedanken, sie sinngemäß weiterführend, »wird die entblätterte Liebe zur sublimierten, geistig sinnenhaften Einheit, bar aller lüstern ungezügelten Erotik. Lieg' ich falsch, Peter?«

»Ich empfinde wie du. Martha würde ebenso sprechen, könnte sie bei uns sein.«

»Du Dummer. Es liefe dann hier ganz anders ab. S i e wäre doch die deine.«

»Jetzt ... jetzt solltest halt du Martha sein«, murmelte ich, setzte hinzu: »Siehst ihr so ähnlich, Haarfarbe, Augen, Nase, das Grübchen am Kinn. Sei für mich ihre Wiedergeburt ... in Engelsgestalt.«

»Lassen wir Engel aus dem Spiel: Bin Fleisch und Blut, auf den Namen Marlene, von Kopf bis Fuß ...« Sie hatte den Oberkörper erhoben, stützte sich auf einen Arm, sah mich aus halb geschlossenen Augen verschmitzt an.

Ich zielte genau und scharf: » ... und bist verheiratet. In diesem Fall hätte meine verflossene Gute gewiss Einspruch erhoben. Und mit Recht.«

»Nun, Peter, was d i e s betrifft, bleib ruhig noch 'ne Zeit lang außerhalb deiner Klamotten. Versuch, mich bei unseren altklassisch-bukolischen Strandspielen weiterhin ohne Not ein wenig gern zu haben, selbst wenn ...« Sie küsste mich zart, erhob sich, ging ein paar Schritte, ihr umgehängtes Badetuch wehte im leichten Wind.

»Bist du geschieden? Muss ich ein wenig eifersüchtig sein?« Knurrig fügte ich hinzu: »Soll machen, der Kerl, dass er abhaut. Schleunigst.«

Marlene lachte daraufhin so laut und klatschte in die Hände, dass ich erschrocken zusammenfuhr. Stumm beendete sie ihre kaum mehr von einem Tugendbold zu beanstandende Toilette.

»Was nun? Was denn j e t z t wieder?«

»Wie meinen der Herr?«

»Du lässt mich grausam im Dunkeln tappen. Das ist unfair.«

»Vorhin, ehe der Knabe gestört hat, war's dir äußerst helle, mein Lieber.«

»Wir müssen endlich unser Verhältnis klären.«

»Natürlich, Peter.« Was für Faxen sind denn d a s nun?

Sie erhob eine Hand mit gestrecktem Zeigefinger, hinkte auf der Stelle herum wie 'ne alte Vettel, legte besagten Finger an die Nase à la Witwe Bolte selig und knarzte: »Wofür sie besonders schwärmt, wenn es wieder aufgewärmt.« Die komische Alte wurde dann pathetisch im Rhythmus, als wollte sie Nichtssagendes mit einer Ode umkränzen:

»'ne alte Tante riet mir mal,
da ich fragte, wie mein Leben weitergehen möchte:
›Was die Zukunft birgt in dunklem Schoße‹, sagte sie,
›ist ein Rätsel:
unlösbar für den Augenblick,
doch die Zeit wird es enthüllen.‹«

Sie lachte, packte ihre Sachen zusammen, meine gleich mit, außer der Hose, die ich mittlerweile wieder an den rechten Platz der Moralität gebracht hatte, stapfte voraus. Barfuß. Der Sand knirschte.

»Unsere Schuhe möge der Herr bitte gnädigste transportieren.«

Trotz allem, was sich geregt und gezeigt hatte, da capo nichts Konkretes. Soll das bis ans Krematorium so weitergehn, über die Zeiten fort, bis zum endgültig bemoosten Orpheusdenkmal? Mir kam der bedauernswerte »Vetter aus Dingsda« in den Kopf – Martha neben mir im roten Plüschsessel: »Ich bin – nur ein ar-mer-her Wan-der-gesell, gu-te Nacht, liebes Mä-del, gut' Nacht, gute Naaacht.«

Sentimentalitäten: Rangehn ist heutzutage Sitte, wenn's was werden soll. Mit oder ohne Sex, egal. Notfalls mit Gewalt. Allein der Erfolg zählt. – Na warte, Marlene. So 'n alter Kracher, wie du denkst, bin ich noch lange nicht. Ich werde den Stier bei den Hörnern nehmen, ihn packen ... Morgen, spätestens übermorgen. »Hehehee, die Zeit wird es enthüllen.«

Immerhin, als wir wieder festeren Inselboden als den »Vogelkojenklacks« unter den Füßen zu haben meinten, hieß es, »der mit den Hörnern« sei abgereist. Na, dann erübrigt sich das »Bei-dem-Geweih-Packen«. Auch besser so. Freilich, erneut keine Handhabe. – Ehe ich jene frohe Botschaft erfuhr, mussten wir allerdings noch einiges überstehen, was – möchte man ehrlich sein – mehrfach Unterweltliches an sich hatte, teilweise

Kläuschen Cupido anzukreiden war. Wie mit einer orakelhaften Maske vorm Bubengesicht winkte er, wir sollten ihm folgen. Es war nach dem Mittagessen: eingelegte Heringe mit Speckkartoffeln und Beck's Bier. Der Chef war nicht gekommen, die See wohl zu unruhig, so dass es mit seinem tiefbordigen, voll beladenen Boot gefährlich werden konnte.

Klaus winkte also, führte uns aus dem Haus, vorbei an verkrüppeltem Buschwerk, schlug zielstrebig aus dem die Station umgebenden Hain knorriger Eschen südliche Richtung ein zum warftartig aufgeworfenen Hügel des Naturschutzareals, inmitten des sandigen Rundes im Meer. Es war flutendes Wasser, auffrischend windig. Die Blätter der Bäume raschelten in Unruhe, die See rauschte, als ob sie bald tückisch zu brausen anfangen wollte. Aufgeschreckte Vögel zogen vorüber, zwischendurch erregtes Möwengekreisch.

Unwillkürlich fiel mir das wilde Schreimotiv der Oper »Enoch Arden« ein, mit dem unglücklichen Rückkehrer, der jahrelang als Schiffbrüchiger auf einer abgelegenen Insel verbannt geblieben war, nach vielen Jahren gerettet, heimgekommen, in seinem Haus feststellen musste, dass inzwischen ein anderer, Jüngerer, als verbriefter Ehemann mit seiner Frau Tisch und Bett teilte. Den Schrei ausstoßend, von grässlichen Möwenrufen begleitet: »Das Leben geht weiter!«, stürzte er sich in die aufgewühlte Nordsee, ward nie mehr gesehn. Vor fast leerem Opernhaus hatten Martha und ich diese Tragödie miterlebt, der festen Überzeugung, u n s könne das nie im Leben passieren. Und jetzt ist sie selber verbannt, in den Himmel oder sonst wohin, und ich gehe fremd mit dieser tastenschlagenden Xanthippe, die so tut, als sei sie dem »Lohengrin« verpflichtet: »Nie sollst du mich befragen, noch Wissens Sorge tragen«, am Ende abhaut, als wäre nichts gewesen. ’s ging mit d e m ja auch alles ziemlich schief. Wie wird’s da wohl mit uns: » . . . von Kopf bis Fuß auf Liebe . . .?« Ich rückständiger Dramatiker: Das wirkliche Leben spielt immer nur O p e r e t t e , handfest und komisch.

Was macht denn unser Cupido da?

Er hob ’nen schweren Betondeckel. Warte, ich helfe dir, Jungchen. Er stieg in das geöffnete Loch, eine schmale Eisenleiter hinunter, machte Zeichen, wir sollten ihm folgen. Zuerst Marlene, dann ich. Fuß unter Fuß setzend, ging’s ein paar Meter in die Tiefe, offenbar unter den Meeresspiegel. Klettern wir zu Neptun, Poseidon oder welchen Tartarussen, ins Reich, das dem Eurydikeretter so große Schwierigkeiten gemacht haben soll? Natürlich, wieder einmal meine fixe Idee mit »Orpheus in der Unterwelt«! Ansonsten war es vorerst angenehm still, der Wind orgelte von weitem ein bisschen, sogar wärmer wurde es – aha, doch der heiße Höllenrachen –, für uns in der leichten sommerlichen Bekleidung sehr angenehm. Schließlich standen wir vor etwas, was sprudelte, ganz leicht, höchstens handhoch aus der Tiefe strömte, glasklar, im Licht zuckte und blitzte, das von oben – in einem einzigen spärlichen Strahl – durch den offenen, schmalen Schacht herniederschimmerte.

Klaus schöpfte zwei Hände voll Wasser. Das war ’ne richtige Quelle. Wie im Gebirge. Er trank davon. Wir sollten ebenfalls ... Zögernd kniete ich in dem Steingrieß um den kleinen Sprudel, berührte das angenehm temperierte Nass, trank vorsichtig, es schmeckte köstlich ..., du liebe Güte, es war Süßwasser, richtiges Wasser zum Durst löschen ... und das mitten im Meer. Ich ermutigte Marlene, gleichfalls aus der Zisterne zu kosten. Bald lagen wir alle drei auf den Knien, eng beieinander, in der Unterwelt, im Salzmeer, und tranken, tranken den Lebenssaft, der leicht bebend, als sollte er im Auftrag Poseidons verschmitzt lächeln, aus der Tiefe quoll und wieder versickerte.

In wenigen Worten bedeutete uns Klaus, es befänden sich Süßwasserblasen unter dem Watt. In Urzeiten entstanden. Riesige Reservoire. Er wisse das von Madeira, wie ihm der Vogelkojer berichtet habe, der es von seiner Naturaufseherbranche her bestens wissen müsse. Unter ihrer Hauptinsel sei es ähnlich. Dort habe man gebohrt, den runden Wasserturm drüber gestülpt. Die ganze Touristen- und Hotelgesellschaft trinke daraus, wasche sich seit über hundert Jahren damit, ohne dass ein Versiegen abzusehen sei.

»Vielleicht doch, wenn's die Götter versagen«, konnte ich mich nicht enthalten einzuwerfen.

»Nix da Götter, Herr Eurydiker. Reine Technik, woll, woll. So is daat un klicks kein Bohn annersch.«

»Wenn du meinst, Cupido. Ich bin von gestern. Anno dazumal hatten noch bestimmte Geister ü b e r uns das Sagen. Jetzt gottwaltet es ein bisschen eigenmächtiger.«

»Ach nee?«

»Doch, doch, mein Lieber. Wir befinden uns hier im

Schattenreich des Urtümlichen. Aus dem musste ich früher mal 'ne Frau retten.« Ritt mich der Teufel?

»Früher. Daat is 'n Ding! Dovor ohne Klieder?«

Hei, die Sache verfolgt uns wie 'n ungedeckter Scheck. Ich schaute Eurydike an. Sie mich. Allerseits Schweigen.

Na also.

Wir tranken weiter andächtig aus Lethe und Hebe, fühlten uns wie neugeboren, so rein und klar machte das kühle Nass aus den Grotten mächtiger Gewalten: Zaubertrank im Zauberland, mehr braucht kein Mensch, das niemals aufhörende, bestimmende »Vielleicht« auf Erden für eine Weile zu vergessen, selbst einfaches, reines Wasser, vor Jahrhunderten, Jahrtausenden aus dem Himmel geregnet, taugt dazu. »Ein Quell, ein Quell«, klang's mir dramatisch im Ohr wie der Ausruf des Bayreuther Siegmund, als ihn in der Hütte seines Erbfeindes dessen erzwungene Ehegesponsin mit einem Trunk Wasser erfrischte, er in ihr die Schwester und Geliebte erkannte – in dieser tragisch ausgehenden Oper ohne jede Rücksichtnahme auf das zahlende Publikum.

Immerhin, das Unterwasser hier schmeckte vorzüglich, als wäre Neptun, Bruder von Zeus, Hera und Demeter selbst der Gastgeber. Es raschelte über unseren Köpfen. Ein Eschenzweig musste vom Wind abgerissen worden sein, hing über uns verhakt in der runden Luke mit der Leiter, fast wie ein Lorbeerkranz, der verdienten Choristen in Gesangvereinen zur 50-jährigen Mitgliedschaft beim unerlässlichen Umtrunk gespendet wird. Na warte, Marlene! Wenigstens dieses Fragment von

Kranz werde ich mir nachträglich verdienen. Und ich weiß auch schon w i e !

Wir kletterten gewissermaßen aus dem U-Boot-Ausstieg hoch zur runden Kommandobrücke im Watt, »Vogelkoje« genannt, wo zurzeit Cupido-Klaus den Kapitän spielte, begrüßten die Oberwelt, kaum glaublich, im strahlendsten Sonnenlicht. Geruhsam lag ein Rudel Seehunde nahe dem Wasser, aalte, räkelte sich, ungestört von jederart zivilisatorischer Neugier.

Nebenbei bemerkt, ein Hubschrauber zog zeitweilig seine Kreise über uns. Mir war es, als säße der Filzbehütete drin und – natürlich: er zeichnete. Auch hatte ich ab und zu den Eindruck, in seinen Händen einen Fotoapparat zu sehn, mit dem er uns beim jeweiligen Überflug beschoss. Seltsamerweise winkte er und lachte, worüber ich nur den Kopf schütteln konnte, mir nicht klar wurde, was die eigenartigen Auftritte und die versteckten Beobachtungen zu bedeuten haben könnten. In meiner abenteuerlichen Ferienstimmung pfiff ich allerdings darauf, mir Gedanken oder gar Sorgen zu machen.

Der goldene Tag indessen hielt nicht lange an. Schon auf dem Weg von der Zisterne zurück, zum Vogelkojenhäuschen, trieben – auf den Inseln gewohnt – im Nu schwarze Wolken, gewittrig aufgebläht, von Blitzen befeuert, dahin, flogen uns bedrohlich über die Köpfe. Mit unheimlicher Kraft erhob sich der Wind, wurde zum stürmischen Ausbund. Und Jupiter, ehedem nebenberuflich fürs Wetter zuständig – so hieß übrigens das im Radio gemeldete, sich anscheinend etwas verzögerte Tief –, ließ es plötzlich in Strömen gießen, und der Donner paukte bedrohlich aufs Angstmachende zu. Wir stolperten in das Häuschen. Klaus, in der Eigenschaft des unwettererfahrenen Inselbewohners, verriegelte sofort die Tür von innen. Gemeinsam schlossen und sicherten wir mit Haken die Läden der beiden Fenster. Daraufhin hockten wir machtlos im Beben der Natur, umzingelt vom Brausen, Blasen, Schnauben, Heulen, Stieben, Johlen, Fauchen, Schmettern, Posaunen und Trompeten eigensinniger Gewalten. Bei trübem Kerzenschein erzählten wir uns lustige Geschichten, olle Kamellen, im Verlauf der unvermittelt orkanartigen Widerwärtigkeiten wurden es dann nur noch dumme Witze.

Komödienblitze

Hoiho!
Am Himmel
tobende Friese,
tiefgraue Soffitten
aus Gewitter und Sturm:
Woher?

Hoiho!
Wir spielen,
spielen
das Spiel
aller Spiele,
spotten zwar drüber,
kichern und lachen,
ja, spotten drüber,
kichern ..., lachen ...,
doch – wir lieben.

Hoiho!
Am Himmel
tobende Friese,
tiefgraue Soffitten
aus Gewitter und Sturm:
Woher?

Vergeblich die Frage,
denn – wir lieben,
denn wir lieben.

VI

Mit dem blöden Tüderkram, durch den wir uns Angst und Zeit zu vertreiben suchten, war's bald nicht weit her: Auf diesem Eiländchen fühlten wir uns, gleich unter welchen Göttern, schutzlos ihrer urtümlichen Schonungslosigkeit ausgesetzt: Richard Wagners »Holländersignal« war 'ne mickrige Jahrmarktstrompete. Stumm saßen wir beisammen, stierten vor uns hin, wie früher mal in Luftschutzbunkern, wenn draußen der Bombenhagel niederging, Martha einmal im letzten Moment, dem Tod des Verschüttetwerdens zu entgehen, letzte Kraft aufbringen musste. Von Derartigem wollten wir erst recht nichts in Erinnerung rufen, uns lieber ablenken, irgendwie ..., irgendwie ... mit Klamauk, Possen, Happenings oder Ähnlichem, was naiven Lebensmut zu stärken in der Lage. Den graugrünen Eschenzweig aus dem submarinen Quellgrund hatte ich noch umhängen. Was lag näher, als den bösen Geistern, wie beim lebemännischen, zwickerfritzigen Opperettier Offenbach 'ne lange Nase zu ziehen, sie lachen zu machen, ihnen um des Überlebens willen ein Schnippchen zu schlagen.

Fürs Erste nahm ich ein paar ausgefranste Teppiche und Läuferfragmente, die auf den blanken Dielen ausgebreitet lagen, dem Häuschen Wärme zu suggerieren, legte die Fetzen hintereinander in die Stube und verkündete, wildes Sturmgetöse übertönend: »Das hier ist der Styx. Durch ihn trage ich meine Gattin. Errette die

Schreckensbleiche.« Draußen orgelte es aus allen Registern. Musik à la carte. Die Kerzchen, bis auf eines, waren durch hereinblasende Zugluft erloschen. Angemessen magisches Dämmerlicht herrschte, »naturgetreu« den Gag in Szene zu setzten. Ich packte Marlene – wie in abenteuerlichen Liebesfilmen wirkungssicher praktiziert –, trug sie …, nein, ich stand vorerst am Ufer der Teppichlappen, ließ den routinierten Opernkenner aus mir sprechen: »Jetzt müsste 'ne Blaskapelle auftreten, wie sich's im zweiten oder dritten Akt ein findiger Satiriker von Regisseur bei der letzten Aufführung in unserem Stadttheater hatte einfallen lassen, als der vor Esprit sprühende Held Orfeo seine Liebste, durch den Grenzfluss vorm Schattenreich watend, zu retten suchte. Nicht nackt, bei Gott, s o weit waren Regisseure vor Jahren noch nicht gediehen. Nun denn, ich wa-te …, wa-te … mitten im Bettvorleger-Styx … auf der Stelle …, hoch die Beine …, links-rechts, links-rechts …«

»Rumbatatataa, bums-tata-rums, tätetäte-rattata, bum, bum, tsching und tire-lilililii, di ratataa, di ratatui, un rums, rums, rums …«, kam's aus der Ecke, wo im mausgrauen Zwielicht Cupido zu vermuten war.

Das letzte Funzelchen hatte durch den Schwung der »Hebe« meiner Königin gleichfalls den Geist aufgegeben. Draußen tosten, huiten, bellten die thrakischen Mänaden im Chor, dazu das Orchester der aufbegehrenden Unwetterhorden, als wollte jetzt zusätzlich Wotan persönlich – hier im germanisch rauen Norden ohne weiteres denkbar – seine einzig geliebte Walkürentochter, Halbgöttin Brünnhilde, verdammen, für immer und ewig mit Feuer, Flüchen, Blitzen, Donnerschlägen den Geschicken ausliefern.

Ich stampfte, stampfte im Zweivierteltakt, watete die Teppiche auf und ab, hinüber und herüber, paradierte lange, damit's dramatischer wirkte und meine Geliebte immer partnerfreundlicher reagiert, mir vielleicht endlich weissagt, wie das denn mit uns womöglich in Hamburg, Flensburg oder sonstigen Breiten gehen möchte. Sie lachte über mich herzlich, sparte sogar an keinem Kuss. Also doch! Befreite sich dann überraschend aus meinen Heldenarmen, haute mir eine runter, dass es um mich herum zusätzlich blitzte und krachte wie einer saulebendigen Göttin Donnerhall. Hallo, Hall …, Hallig: Verdammt, wir befinden uns ja auf so 'nem Ding. Cupido grimassiert herüber: Vor Schreck hatte seine Blaskapelle ihr backengeblähtes Gemurkse eingestellt.

Im Dunkel der hereinbrechenden Nacht war das Zucken der Blitze durch alle möglichen Ritze in immer kürzeren Abständen die einzige Beleuchtung unserer notdürftigen Unterkunft. Nein. Halt: Zur Beruhigung der aufgewühlten Gemüter hatte unser Amorettus mit der löcherigen Hose unterdessen wieder Feuer im vergammelten Kochherd gemacht. Es flackerte lustig um den einzigen Raum der Naturgewalten ausgesetzten Kate, als gälte es, den himmlischen Bonzen mutig entgegenzuwirken. Unausgesetzt prasselte der Regen in wechselnder Heftigkeit. Das morsche Gebäude zitterte, schwankte, ein Wunder, wenn es standhielte. Von der Decke tröpfelte es. Und es dröhnte, jawohl, es dröhnte, als wollten alle Niagarafälle gemeinsam die ganze Welt überschwemmen. Die Flut, die Flut, sie kommt, bedeckt die Hallig, schafft Land unter, fegt uns weg, befördert kindische Spaßmacher nun wohl endgültig ins Nichts, teuflischen Ungeheuern zum Fraß in die Mäuler. Meine Backpfeife ungerügt, standen wir drei Bibbernden fest aneinander gedrückt in der Mitte des Häuschens, dicke Tropfen, eher Wasserfäden, rieselten auf unsere Köpfe, und ... und das Feuer vom Herd fauchte dazu, dampfte, blinkerte, warf aufgescheuchte, wabernde Arabesken auf Boden, Wände und die vibrierende Decke. Kaltes Wasser schwappte jetzt auch durch die Ritzen der Türschwelle, überschwemmte knöchelhoch den Boden. Teile des »Styx« schwammen obendrauf, versackten bald voll gesaugt, wurden unsichtbar oder wedelten wie seltsame Fische mit ihren Fransenzipfeln.

»Daat dauert selten lang, woll, woll«, sprach Cupido fast feierlich, tat beruhigend wie 'n oller Kapitän. »Die Tide is übern Höh'punkt aaf, daat Wetter geiht bäck, de Storm lökt dann ooch bal in't Gasthüs.«

Unser junger Freund behielt Recht. Beinahe schlagartig fiel beängstigende Stille ein. Vorsichtig lugten wir durch ein Loch im Fensterladen, sahen die Wolken sich verziehen, stellten fest, dass der Sturm sich tatsächlich ausgetobt hatte, wir es riskieren durften, die Tür aufzumachen und hinauszugehen, ohne wie 'ne alte Zeitung fortgeweht zu werden. Mutig geworden betraten wir vollends die Außenwelt. Hand fand sich zu Hand, drei Überlebende, Glückliche, Lachende wanderten durch nassen Sand und große Pfützen, übersprangen Priele, strebten dem Wasser zu, von dem wir verfolgen konnten, wie es sichtlich rasch zurückging.

Da begann Marlene zu singen und würdevoll zu »Schreiten«, als beträfe der »Reigen für die seligen Geister« des längst vermoderten Opernkomponisten Willibald Gluck aus Eresbach bei Weidenwang in der Oberpfalz – des Förstersohnes und späteren Musikarrivierten zu Prag und Wien, zu Mailand, London, Hamburg, Dresden, Kopenhagen, Paris – die Opfergabe, zu Ehren unserer Rettung aus Seenot. Ich weiß über ihn so gut Bescheid, denn Martha war darauf bedacht gewesen, dass ich nicht völlig ungebildet in der Abonnements-Loge hockte und das Geschehen auf der Bühne ohne Sinn und Verstand verkonsumierte. Marlene wusste davon sicher nichts. Aber singen konnte sie, summte bei aufklärendem, frühnächtlichem Himmel tatsächlich den »Reigen seliger Geister«, versuchte böse Phantome damit restlos geneigt zu machen, wollte hoffentlich auch darum bitten, dass es mit uns gut weitergehen möge, obwohl i c h ja, die eigentliche Hauptperson dieser außerordentlich komischen Story, noch überhaupt nicht auf m e i n e Art zum Singen und Harfenschlagen gekommen war.

Dann freilich entwickelte sich erst die e c h t e Katastrophe:

Kläuschen hatte per Handy seinem Chef mitgeteilt, hier sei alles okay, das Liebespaar – jawohl, so bezeichnete er uns! – bliebe über Nacht, käme morgen zurück, wenn die See sicherer sei, und war dann ins Haus zurückgegangen. Er wollte was Heißes zubereiten, denn wir froren alle erbärmlich.

In der Absicht, uns beide zu wärmen, schmiegte Marlene sich ganz fest an mich, so dass ich nicht umhinkonnte, ihr mit dem gleichen Ziel die Rückenpartie – und auch etwas tiefer Gehendes – zu massieren.

»Peter«, sagte sie plötzlich ohne jede Betonung, »jetzt sei tapfer. Morgen werde ich abreisen. Mein Urlaub ist um ...«

»Ach, der Olle holt dich ab.« Auch innerlich wurde mir's auf einmal kalt, trotz Marlenes Nähe.

Sie lächelte vielsagend – wie die Mona Lisa im Funkerrestaurant vor den Dünen –, schwieg hartnäckig, während wir eng umschlungen der »Vogelkoje« zuschritten. »Du darfst mir nicht folgen. Meine Adresse bleibt ebenfalls unbekannt, bis ...«

»Bis ...?«

»Bis du lange genug tapfer warst, mich nie mehr neben dir zu wissen.«

Sie trieb unser Spiel wahrhaftig auf die Spitze. Notgedrungen machte ich mit:

»Wie beim Antiquus, der die Seine nicht ansehen durfte, bis sie oben angekommen. Ich werde d o c h Gesangstunden nehmen müssen, und sei's nur, um deine Ferne zu verkraften.«

»Der d a m a l s hat es auch vor lauter ... lauter Lüsternheit nicht geschafft. D i e muss den Göttern, trotz ihrer akropolinischen Langeweile, halt doch ein Dorn im Auge gewesen sein«, ging sie auf meinen Schmonzens ein.

Ich konterte: »Da lob' ich mir Musicals. In d e n e n kommen sie immer schnell zur Sache. Mindestens im

Parkett weiß man, dass es ohne Frage zur Sache kommen wird. Dafür bezahlt man ja, um sich vom miesen Nichterfüllen im Leben zu erholen, selbst bei Tragödien, in denen irgendwelche Titanen – trotz gewaltiger Trauerhymnen – ihre Protagonisten, Helden, Heroinen, Hofnarren, Gestorbenen und Erstochenen am Ende doch barmherzig zum Abschminken in die Garderobe schicken.«

»Oh Peter!«

»Gut, Marlene. Seien wir seriös. Ich will dein Angebot tragen in der Zuversicht, dass mein Warten ganz bald seinen Schlusspunkt finden wird.«

»So hab' ich dich gern, mein Lieber. Keine Geister des Zufalls wollen wir walten lassen, sondern die der Verantwortung, wie es reifen Leutchen ansteht. Sei mutig, mein Freund: Das Tragen, es *wird* ein Ende haben, so oder so. Wir werden es bewältigen, bewältigen *müssen*, beide, sowohl du als auch ich ...«

»Demnach *doch* eine heimliche Liebeserklärung, Marlene?«

»Frag deine Martha und folge ihr dann.« Komisch verfremdet, sich kaum das Lachen verbeißend, sprach sie danach ihren frivolen Segen, wobei ich mich fühlte, als falle gleich der Samtvorhang eines zweiten Aktes, dem ein alle Verknotungen lösender dritter, jubelgesängiger letzter Akt folgen wird: »Follow me to morrow, to my ship and believe the Holy Ghosts, dear writer, the Father, the Son an' all Saints in Heaven and the Earth.«

»Apollo, Jupiter, Pallas Athene, Zeus, die gesamte Heilsarmee von Schlusschören dazugenommen, when the Saints go marchin in, woll?«

Sie küsste mich zart auf den Mund, ging ins kleine Haus, unserem Cupido beim Kochen zur Hand zu gehen.

Ich stand allein in der Nacht. Unsicher, ob Weinen oder Lachen angebracht. Starrte aufs Meer, starrte in den zunehmenden Mond, der nach den Wettergewalten unerwartet sichtbar geworden war. Schleierwolkige Ranken zogen ihm noch um den Bart. Und ich abgeblitzter Trottel guckte nun in den Mond, was im Volkmund – rau, aber herzlich – so viel bedeutet wie: einer hat das Nachsehen, muss Leine lassen, muss, theatralisch ausgedrückt, mit süßer Resignation vorlieb nehmen. Jetzt lag das »Übermorgen« endgültig in den letzten Zügen. Ich durfte unweigerlich mit dem pfälzischen Willibald klagen:

»Ach, ich habe sie ver-lo-horen,
all mein Glü-hück ist nun da-hi-hin.«

Halt, Peter, halt. Es hat sich ausresigniert: Bleib einfach stur. In memoriam Martha, bei der es ihrerzeit ebenso lange gedauert, bis sie sich zum vollgültigen Ja entschließen wollte. Sie empfand sich als emanzipiert, Gott sei Dank, fiel nicht jedem Heiner in den Schoß. Aber ich w a r, Marlene, und ich b i n nicht jeder Heiner. Obschon angegraut ..., aber es bewegt sich noch was, wie einst Galilei wider anachronistische Gelehrte räsoniert hat ... Oder hab' ich da verkehrt konjugiert? D i e s e hintersinnigen Poeten! Allzu leichtfertig mit Syntax, Synesis, Synonyma. Still jetzt, alter Schwätzer! Einmal um die Uhr liegt noch zwischen unserem Abschied. Und morgen ..., morgen wird, besser, morgen muss unwiderruflich die letzte Frist für »Übermorgen« sein.

Ich schlurfte nachdenklich, vor Kälte zitternd ins Haus: Was Warmes braucht der Mensch wohl, soll nicht im Körperlichen jede Lust den Kürzeren ziehen.

Tiefe Nacht lag über der »Vogelkoje«. Leider nicht die vom zweiten Akt im »Tristan«, wo die irdische Fackel gelöscht wird, desto mehr die himmlische entbrennt. Oh Tristan, oh Orfeo, ihr Nachtgeweihten, brummte es mir später – nach dem Nachtmahl auf 'nem alten Liegestuhl – im Halbschlaf durch den vom Tüll der Musen leicht benebelten Schädel.

Salut d'amour

Zwei Frauen,
eine Geschichte:
Heiterer Ferientraum,
der des Verlegers Kassen
flugs zum Klimpern bringt,
besonders bei hohen Feiertagen,
wenn sich Leute netter fühlen.

Ein Buch,
im Stoß unter vielen,
erschwinglich der Preis:
Doch munter sein Zauberspiel,
das des Lesers tappende Gedanken
geleitet, entführt, aufschweben lässt
zu aller einzigen, nie versiegenden Sehnsucht.

Ein Wünschen
Und stetes Suchen,
zuweilen, nicht selten, stilles Verlieren,
immer vage, trotz glückhaftem Finden,
das nach Fabeln, Legenden und Märchen duftet,
doch wahr ist wie's pausbäckige Leben:
Wovon mag hier wohl die Rede sein?

VII

Heute fällt die Entscheidung. So der so. Für einen Pensionisten war lang genug Urlaub auf Freiersfüßen.

Am Morgen hab' ich den Unbekannten mit Fotoapparat und Zeichenblock am Inselbahnhof gestellt und ihn gefragt, wieso er immer hinter mir her ist. Er erklärte sich, stellte sich vor. Danach klopften wir uns auf die Schultern, gingen in gewitzter Kumpelhaftigkeit auseinander.

»Oh selig, oh selig, ein Zündloch zu sein.« Beim Gewehrreinigen sang es ein Wilhelminischer Infanterist in Erinnerung, da er auf dem Olymp im Stadttheater das lortzingsche Lied von dem, »der einst mit Zepter und Krone spielte« und so selig wie ein »Kind noch« sein wollte, wegen der dumpfen Akustik auf den Stehplätzen oben im Theater lächerlich falsch verstanden hatte. Alberner, bemooster Sängerwitz: Bei m i r allerdings zündet's heut. Es w i r d funken.

Noch in der Dämmerung zog auf mein ungeduldiges Drängen Klaus das Ersatzboot aus dem Schuppen. Bei ruhigem Seegang erreichten wir ohne Schwierigkeiten unseren Ferienstützpunkt.

Indessen muss ich ein Abenteuerchen, noch auf der »Vogelkoje«, einflechten: Ich tappte ein wenig steif und schlaftrunken am Gebüsch beim Häuschen entlang, um nach der unbequemen Nacht auf der harten Liege vollends munter und helle zu werden. Unverhofft gewahrte ich unseren Amor-Schlingel zwischen dem Gestrüpp, seine einzige nennenswerte Hülle neben sich. Er umarmte stehend den Stamm einer Esche wie eine Geliebte, stöhnte leise, als sei er in Trance verfallen, wippte dazu mit seinem Popo vor und zurück. Als er mich bemerkte, erschrak er, legte sich die Hände auf den Blößen, als könne er seinen kleinen Morgenexkurs dadurch vertuschen.

»Ick heb moul …«

»Schon gut, schon gut, Cupido. Geduld, bis du ein ganzer Kerl bist, 'ne Deern in Kleidern zu lieben gelernt hast. Der Rest …, der glückt dann meistens von alleine …«

»Von alleine, woll?«

»Bestimmt. G a n z bestimmt, Kleiner. Jetzt zieh dich an – und rasch mit uns nach drüben. Da kauf' ich dir als Dankeschön für dein Geleit auf der ›Vogelkoje‹ 'ne anständige Büx.«

Beim Zurückgehen schoss mir wieder jenes Lortzing-Liedchen durch den Kopf, mit dem Refrain: »Oh selig, oh selig, ein Kind noch zu sein.« Ach, wie glücklich dieser unwissend Unbewusste, der Baumstämme umhalst wie Mädchenkörper, als bliebe es für immer und ewig bei Englein und Amoretten in anakreontischen Hainen. Ganz bald wirst du fliehen, dich mit den Foltern des Liebemachens konfrontiert sehen. Genau wie ich jetzt, ein graumelierter Auerhahn, so blind, so blind, kaum weniger hilflos als du, lieber kleiner Schelm, bei deiner noch verwunschenen, unerlösten Daphne.

Nun denn! Wir befinden uns auf der Hauptinsel, und da soll's bei mir endgültig funken, Marleneschätzchen. Hoffentlich macht mir dein Dominus keinen Strich durch die Rechnung.

Wie ich annahm, packte Marlene auf ihrem Zimmer. Ein Einzelzimmer. Demnach hat der Herr Gemahl woanders geschlafen. Oder? Ach nee. W i r waren ja auf der »Vogelkoje« zusammen gewesen.

Auf Zehenspitzen tapste ich die beteppichte Treppe hoch, lauschte eine Weile an Marlenes Tür. Drinnen raschelte und klapperte es. Etwas rumste. Vielleicht ein Schuh, der auf den Boden gefallen. Tatsächlich, sie verstaute ihre Sachen. Ich gab Handzeichen nach unten. Der eingeweihte Hausknecht grüßte wie ein Käpten, winkte grinsend zurück. Anschließend wählte er auf dem Telefon in der Diele eine lange Nummer. Brav reagierte mein Handy. Ich hielt es schon bereit, das Signal in Empfang zu nehmen: Mein Rufzeichen, die erste Phrase von Beethovens »Albumblatt für Elise« ertönte, ein bisschen spillerig und näselnd, indessen laut genug, um erkannt zu werden. Ich überließ die Melodie ihrem fleißig repetierenden Countdown. Mit erhobenen Händen, in der Linken das Fon-Gerätchen, mit der Rechten, weit ausholend, unsichtbare Saiten rührend, bewegte ich die Lippen, brummte, als sänge ich textlos und imaginär im geisterhaften Playback meines klingeligen Handys.

Die Tür flog auf. Darin lachend die Angebetete: Eurydike, Elise, Agathe, Isolde, Leonore, Mar-, Marlene, gleichviel. Sie stand bewegungslos, immerfort leise lachend, bis ich das Theater durch Tastendruck beendete, worauf sich zwei in den Armen lagen, wie ..., na wie die Kopie von Amor und Psyche in der Eingangshalle der Villa Carlotta am Comer See, die ich mit Martha auf unserer ersten gemeinsamen Reise so oft bewundert hatte. Ein langer, intensiver, im Gunde genommen e r s t e r richtiger Kuss! Eurydike fiel keineswegs operngemäß tot um, weil der Überwinder sie wider alle strengen Gebote böser Dämonen vorzeitig angesehen, sie in diesem Fall sogar beinahe leidenschaftlich geküsst hat: Die Moderne muss d o c h klüger sein als mythologische Theatersujets im sehnsuchterfüllten Land der Ziegenhirten, Olivenhaine, Lyraspieler und wo sonst noch Apfelsinen, Bananen und Zitronen blühn. Die Geliebte lebt. Bleibt lebendig. Ich merk's am ihrerseits herzhaften Küssen.

Mit einem Mal stand der Wächter des Tartarus, jener Stiernack, der rotweingesichtige Dicke hinter mir. Ballte er die Fäuste, holte er aus zum krachenden Faustschlag, die Lippen zum Bannfluch gefletscht?

Mitnichten! Er lächelte. Weshalb aber so vornehm, so zurückhaltend, die Hand vorm Mund? Schließlich, ich traute meinen Augen nicht, trat er leise zurück, um nicht zu stören, nachdem er einen angedeuteten Kratzfuß gemacht, als wäre er aus irgendeiner opera comique oder Verdis »Maskenball« entsprungen, blieb darauf starr und steif am Treppengeländer stehen. Mir drängte sich der Eindruck auf, er sei plötzlich zur Figurine auf einem Tempelfries der Akropolis, dem thronenden Parthenon geworden: erwiesenermaßen schon d a m a l s nur an Feiertagen zum »Jungfrauentempel« erhoben.

»All meine Pu-hul-se-he schla-ha-gen«, hör' ich es jauchzen, jene exaltierte Arie, die uns der genieumflorte Carl Maria von W ... so großherzig hinterlassen. Hier und heute war es Marlene, die Ähnliches redete, nein, singen tat sie nicht, schüttelte aber meinen Kopf zwischen allen zehn Fingern und lachte, lachte, lachte fast beängstigend laut.

»Lachst du mich aus, Teufelshenne?«

»Ich freu' mich ...«

»Über was denn?«

»Na, von wegen deiner Hartnäckigkeit. Die ist tatsächlich nicht aus dem Stoff eines Urlaubers gepatchworkt, sondern für 'n Webstück, das ein Leben lang hält.«

»Ich versteh' kein Wort ... Du bist verheiratet, d a der ..., dieser distinguiert grinsende Nussknacker ...«

»Gott bewahre, Peter. Nie im Leben.«

»Darauf hör' ich die Leonorenouvertüre in mir geigeln ...«

Sie hakte ein: »›Oh namenlose Freude‹, nein, besser: ›In des Lebens F r ü h l i n g s tagen‹«?

Ich nahm den Vorbehalt darin nicht wahr, fragte blind drauflos: »Was macht der Kerl denn d a n n bei dir?«

»Mein lieber, guter Florestan, darüber berichte ich dir später: Alles zu gegebener Zeit.«

»Du lässt das Schiff heute sausen?«

»Ja, ich bleibe noch. Damit d u gleichfalls deine Koffer packen kannst, morgen mit mir heimfährst.«

»Heim? Wo ist das? Sag schon endlich.«

»Überall und nirgends.«

Arrogante, auf die Folter spannende Emanze, was sind deine so sorgsam gehüteten Geheimnisse? Tust, als ob du alle Freizügigkeiten der Welt in Händen hieltest. Laut sagte ich: »Das ist keine Antwort, werte Sibylle. Wie viel Rätsel muss ich n o c h lösen, bis Frau ›Turandot‹ mich zu erhören geruht? Als bester Freund habe ich ein Recht, zu wissen, wo wir demnächst wohnen. Und Martha …«

»Martha m u s s es wissen. S i e soll auf jeden Fall erfahren, wo du grau melierter Don Giovanni dich herumtreibst.«

»Na sicher doch.« Ich knirschte mit den Zähnen vor verhaltenem Ärger.

»›Reich mir die Hand, mein Leben, komm auf – mein Schloss mit mi-hier‹«, sang Marlene, verbeugte sich leicht in meine Richtung, tanzte herausfordernd auf der Stelle.

»Umgekehrt wird auch 'n Paar Schuh draus, Giovannina.«

»Altmodische Konventionen.«

»Es ist … die Höhe …, deine büstenhalterlose Frechheit.«

»Nein, das ist Mozart, Herr Abonnementsinhaber. Falls Ihnen dieser Ohrwurm unbekannt sein sollte.«

»Du bist fast so impertinent wie Martha.«

»Ach ja? Woll, woll, wie unser Cupido kakeln würde.«

»Kecke Helena!«

»S c h ö n e Helena heißt die Operette.«

»Auch recht.«

»Du gehst jetzt schön in deine Pension, wäschst und rasierst dich, suchst deinen Kram zusammen, legst dich 'ne Weile aufs Ohr, nach den windigen Aufregungen in der 'Vogelkoje', machst dich später fein, und ... so um vier rum werden wir hier im Hotel super lunchen. Woll?«

»Jetzt geht das schon los! Wie bei Martha, wenn bestimmt wird, was ich zu tun und zu lassen habe.«

»Immer in Liebe, Peter. Nicht anders, als wär' ich du und du ich. So lief's bei euch, wie mir mehrfach von dir berichtet worden ist.«

»Woll, woll. Du siehst das immerhin ähnlich wie Martha in unserer besten Zeit. Entschuldige meinen Rückfall ins Voremanzipatorische.«

Ich bekam einen Kuss, 'nen herzhaften Klaps auf den Rücken – und war entlassen.

Um vier Uhr saßen wir an der außeralltäglich über und über mit Blumen und Kerzen bestückten Tafel im Hotel, unerklärlich erwartungsvoll und unruhig wie Kinder vor der Weihnachtsbescherung. Wie sie machten wir Blödsinn. Gegenseitig auf die Füße treten war das Harmloseste. Marlene imitierte clownesk die anwesenden Leute, übertrieb ihre Mienen, die sie aufsetzten, sich bemühten, in dem vornehmen Schuppen, dem exklusivsten am Ort, angemessen zu erscheinen, mit ihrem persönlichen Geldwert zu protzen, sich später wundernd, laut räsonierend, wie hemmungslos sie geneppt worden wären. Auch das sichtlich um diese Tageszeit gelangweilte Personal kam schlecht weg. Ich fürchtete, wenn in diesen heil'gen Hallen ein Klavier gewesen wäre, hätte Marlene drauflosgedroschen wie 'n hochkarätiger Ganove von der World-Music-Maffia.

Anschließend mimte sie gekonnt die Fünf-Sterne-Baronin, verlangte Aperitifs und Horsd'oeuvres, die 's auf der ganzen Welt nicht gibt, bestellte vergebens Prairie-Oysters oder garantiert ökologisches Mineralwasser, dessen Marke dem Ober von »karierten Maiglöckchen« herrühren musste – dreiste Späße, die befrackte Belegschaft in Panik zu versetzen.

Nachdem uns, besser meiner Dame, die Albernheiten endlich selbst auf die Nerven gegangen, erschien mit einem gewaltigen Coup der erste Gang:

In den Hüften schwingend – wohl ein Eleve bei Ballettmeister John Cranko im Staatstheater Stuttgart –, trat der Bediener an unseren Tisch. Mir wäre sicher das Gebiss herausgefallen, wenn ich eins gehabt hätte: Der da aufwartete, war Marlenes – Ehemann. Sie stellte ihn genüsslich langsam vor: »Das ist mein Ferdnand ...«

»Also doch dein ...«

»Er ist mein Mädchen ...«

»Mädchen ...?«

» ... für alles, sozusagen.«

»Aha, so-zu-sa-gen.«

»Ferdnand führt mir den Haushalt, ist mein persönlicher Geschäftsführer, Privatsekretär, Anlageberater, Kastellan, Kammerdiener.«

»Kammerdie ...«

Marlene kostete offensichtlich meine Verwirrtheit bis zum Gehtnichtmehr aus. Das wär' bei Mar...

»Alles Praktische im Lot zu halten, ist er zuständig, hat mein vollstes Vertrauen, nicht war, Ferdnand?«

»Sehr wohl, gnädige Frau.«

Verbeugung. Mir schien, dass der Mann sich dabei mit Gewalt das Lachen verbeißen musste.

Nächster Gang unter geflissentlicher Assistenz der hauseigenen Domestiken.

War meine Dame alt-adeliger Herkunft, gar in allerersten Kreisen heimisch? Ich stellte diesbezüglich eine Frage. Sie antwortete, wie so oft geheimnisvoll, dunkel mezzosopranistisch: »In gewissem Sinn könnte man die Highsociety mir zurechnen. Beispielsweise die Teilhaberschaft von ›Gütermanns Nähseide‹, in die vorzeiten Maestro von Karajan eingeheiratet hatte, sowie enge freundschaftliche Bindungen an die lisztig-wagnerische Bayreuther Tannhäuseriana...«

»Wie du das persiflierst. Ich bekomme steigende Angst vor deinem innerlichen Freifühlen.«

»Darauf will ich dir jetzt meine Karten restlos aufdecken, lieber Peter, mein im Dunkeln gehaltener, holder Abendstern.« Ganz Dame, ziemlich extravagant, wenn nicht exzentrisch.

Wir schwiegen, bis der Hauptgang fertig serviert.

Dann begann sie: »Ich bin schuldenfreie Besitzerin eines Schlosses in ..., na, du wirst sehn, wo's steht, Erbin eines Teilvermögens aus dem Schleiß-Kreitz-Hünemörder-Clan...«

»Schleiß- ...« Ich bekam den Mund nicht mehr zu.

»Seit einigen Jahren führe ich ein freies, ungebundenes Leben. Es langweilt mich schrecklich. Ein paar Abenteuerchen nicht mitgerechnet, auch beruflich, freilich ohne außergewöhnliche finanzielle Erfolge. Spekulieren ist meine Sache nicht. Deshalb Herr Ferdnand. Er verkörpert einen Schatz an ideeller und konkreter Schlauheit, den es, außer dem Papst in Rom, heute, urbi et orbi, schwerlich noch in dieser Kombination gibt.«

Der Spott blitzte aus ihren Augen, kein bösartiger, eher einer, der durchaus zu verzeihen versteht. Ich rutschte auf meinem Stuhl hin und her, brachte als Einziges heraus: »Ein paar Abenteuerchen ...«

Sie hakte sofort ein: »Du bist das erste, wirklich tiefer gehende mit deiner treuen, ehrlichen Trauer um Martha. Sie hat eingeschlagen, mir gleichwohl Herzwunden verursacht. Nun braucht sich deine Verflossene keine unnötigen Sorgen mehr um dich zu machen. Du bist meine wirklich große, umfassende Liebe.« Sie wurde sehr ernst: »Ich war mein ganzes Leben berufstätig. Oft in höheren und höchsten Rängen. Nach dem Abitur musste ich zunächst hart um meine Existenz kämpfen. Eltern zerworfen, später geschieden. Erbstreitigkeiten, durch die ich indessen als einziger Spross einer aristokratischen Linie profitierte und profitiere. Mit Geld kann man Geld machen, einziger Lichtblick in meiner kommerziell ausgerichteten Karriere. Glaub aber bitte nicht, dass es in einem universalen Riesenunternehmen einfach ist, sich eine anerkannte Position aufzubauen, und bei weitem schwerer, sie auf Dauer zu halten. Besonders als Frau und mit Ambitionen, die dem Kulturellen und ähnlichen ›Überflüssigkeiten‹ geneigt sind.«

»Bin gewissermaßen bei 'ner superschlauen Kapitalistin gelandet.«

Marlene schüttelte den Kopf, sprach unbeirrt weiter: »Seit einigen Jahren ist mein Leben so ausgezeichnet saniert, um die ganze ausbeuterisch fiese Geldverdienerei an den Nagel hängen zu können. Etwas Liebes, in dem ich aufgehen darf, etwas ... Zärtliches, Menschenfreundliches, Treues, treuer als jede noch so korrekte Bilanz, d a s suchte ich auf den vielen Reisen in den letzten Jahren, fand es nach längerer, entnervender Feuerprobe endlich wo ...?«

Ich glotzte, vergaß ein Stück des köstlichen Perlhuhnbratens zu schlucken.

»Na h i e r, auf der zugigen, mausgrau verhängten Insel, in einem Kerl, wie du es bist.«

»Wie ich ...?«

»I n dir, mein lieber, bester Peterus, von dem ich mittlerweile, nach mancherlei Prüfungen, sicher weiß, dass er so goldrichtig ist, wie er sein muss, um auf ihn – als Fels meiner letzten Lebensjahre – zu bauen.«

»Welche Ehre. Ich bin aber kein Heiliger.«

»Weshalb auch? Ein einfach Guter, Ehrlicher tut's genauso, ja ist weit besser, denn er braucht auf eine Gloria- und Amenlobby keine Rücksicht zu nehmen.

»Ein Schloss. Geld. Quasi sorgenfrei. Das m i r ?«

»Ganz so ist es nicht. Immerhin ist Ferdnand eine sehr zuverlässige, faire und standhafte Entlastung. Er hat Frau und zwei Kinder, die mir gleichfalls helfen, freundschaftlich zugetan sind. Da ich sicher bin, dass du die Komödie unserer Passion niederschreiben wirst, habe ich dazu dies und das geflunkert. Du brauchst also manches nicht haargenau breitzutreten, kannst deiner Fantasie ruhig ein bisschen die Zügel schießen lassen – das verzaubernde Zwischenreich der Oper nicht zu vergessen! Das vom Kapitalismus kannst du dir schenken, es steht dem späteren Vertrieb und Verkauf unserer Geschichte unnötig im Weg. Im Übrigen weiß ich, dass neuerdings die Alten in Beruf und Leben wieder gefragt sind, weil junges Kroppzeug sich erst die Hörner bei fragwürdigen Siegen abstoßen muss, um halbwegs zu erkennen, worum es eigentlich im Leben geht. Außerdem weiß ich, dass ein Roman über uns, nicht mehr ganz Knusprige, Konjunktur haben könnte, für 'nen saftigen ideellen wie finanziellen Gewinn gut wäre, er einem leidenschaftlichen Schreiberling und begabten Spinner zupass käme, dem offenbar der spontane Durchbruch seiner Arbeiten von den Göttern nicht in die Wiege gelegt worden ist. Ich habe Verbindung aufgenommen mit demjenigen in deinem Verlag, der Frau Sina dein sommerliches Exil verraten hat: Ich weiß ziemlich viel über dich und die deinen, mit denen ich ab jetzt nicht mehr als das Notwendigste zu tun haben möchte.«

»Du weißt demnach Bescheid …«

» … dass es deine Martha so gar nicht gegeben hat, zumindest nicht mit brav bürgerlichem Trauschein und den hohen Ehrungen deiner schriftstellerischen Einfälle ausgestattet, dass du sie seit deinem ersten Romanversuch zu deiner donquichottischen Dulcinea gemacht, zur Idealgestalt, die du ein Leben lang vergeblich gesucht, nie gefunden hast. Ich, Marlene, will ab heute deine Martha sein, woll? Mit kleinen Fehlern zwar, aber ein unverbriefter Kamerad, bis dass der Tod uns …, na, du weißt schon.«

»Bin kein Mönch, wie manchmal gern getan. Ich mag sehr, was das Weibliche so an sich hat, außen rum und innen drin: Bin gleichwohl höchstens ein grau melierter Mini-Satyr oder dilettantischer Pan, der schlecht und recht fliederartige Fioretten mit seiner Flöte vortrillert …«

» … oder auf seinem Handy simuliert.«

»Dies alles genügte mir freilich nie, bei allem Flirten, Küssen, Begehren und so. Deutlich spürbar, beinahe selbstverständlich, kam mir diese Einsicht allerdings erst bei unserer Gemeinsamkeit auf der traumhaft welt-entrückten ›Vogelkoje‹. Wieso? Hab' keine Worte dafür. Jedenfalls bannig froh über jene unbeschreibbare Erfahrung, will ich das Forschen darüber ruhig sein lassen. Mein Vorschlag wäre, die nächsten, uns geschenkten Jahre so zu leben wie das in steter Zuneigung uralt gewordene Paar Philemon und Baucis.«

»Toller Sermon, Peter. Versteh' dich gut. Womöglich wie einstmals zu deiner sich in rosa Dunst aufgelösten Martha …«

»Nicht doch …«

»Du möchtest gern tief gehend eindringlich, gewissermaßen …«, sie geriet in Erinnerung an die Predigt, die dem Amor von mir gehalten worden war, » … gewissermaßen schon in den Kleidern, im kultivierten Zustand, dem Partner zu jeder Stunde sowohl sinnlich wie seelisch äußerst nahe sein. So verstehe ich es, denke haargenau in deinem so poetisch nach dem Unmöglichen strebenden Sinn, was die Ehe betrifft. Ich möchte dennoch einwenden, Peter: Deinen schriftstellerischen Erstling, den du vermutlich dem Romantiker Friedrich Schlegel abgeluchst hast und seinem Roman ›Lucinde‹, lass weiterhin vergriffen sein. Was in ihm gesagt und gemeint wird, ist gut, schön und richtig, in praxi leider unmöglich zu realisieren: Mythen, Legenden, Fabeln, Parabeln, Balladen, unzulängliche Wahrheiten, sind bestenfalls im Traum zu erleben. Wir wollen, ungeachtet dessen, nicht vergessen, hochhalten als ein Votum, wie nahe wir uns in jeder Hinsicht vorgestern bei den Abenteuern auf der Zauberinsel, beim Nacktpopo des kleinen Eros, gefühlt haben, wollen ihn als heiteres Unikum pflegen, als wär's der opernhafte Geheimkult unserer zukünftigen Zusammengehörigkeit. Heute denkt man nüchterner, wenn auch im Grunde genauso wie damals, früher, gestern, vorgestern, denn die kreatürlichen Gegebenheiten sind die gleichen geblieben – sozusagen halbgöttlich –, allerdings, da echte Leidenschaft heute mehr denn je auf Sparflamme glost, wird das Finden zweier klingender Konsonanzen immer schwieriger, beinahe unmöglich vor lauter sich halbseiden darbietender Gewecktheit, beherrscht von den vollautomatischen Göttern ›Grips‹ und ›Grütze‹. Orpheus und Eurydike samt ihrem Willibald aus der Pfalz stehen da höchstens im Panoptikum, von wolkenwärts strebender Treue erst gar nicht zu reden. Früher wurden Ehen oft zähneknirschend aufrechterhalten. In diesen Tagen ist es üblich geworden, zu früh, zu schnell auseinander zu gehen, weil halt das In-den-Kleidern-Lieben, mangels Geist und Über-der-Sache-Stehn, infolge allgemeiner Technisierung – wodurch jede feinere Regung schnell verkümmert, die Unterwelt gnadenlos das Zepter an sich reißt – zum kindischen Spielplatz von läufigen Playboys und nebenverdienstlichen Hausfrauennutten gemacht wird, hinterhältig propagiert schon in den harmlosest tuenden TV-Reklamen.«

Inzwischen war der letzte, der sechste Gang aufgetragen. Er trug zum süßen, harmonischen Abschluss gewiss das Seine an Heiterkeit und Fröhlichkeit bei, so dass diese nachmittägliche Aussprache in seltener Einmütigkeit beschlossen werden konnte.

Wir packten das restliche Zeug in die Koffer. Ferdnand half Marlene, schleppte das Gepäck zum Spediteur, meines auch, besorgte die Tickets zur Überfahrt aufs Festland. Auf mich wirkte der Mann, nachdem ich wusste, woran ich mit ihm war, äußerst sympathisch. Ein Beispiel dafür, dass Standpunkte unsere Anerkennung oder Ablehnung bestimmen, oft Äußerliches trüben, Vorurteile fördern. Genauso ist es wohl zwischen den Geschlechtern, obwohl da vitale Elemente – in das von Furien umzingelte Unbewusste dirigiert – hinzukommen, so unser Leben dem Wundervollen wie dem Ekelhaften geneigt machen können.

Über Marlenes Schloss will ich mich nicht auslassen, es gar beschreiben. Ein Palast war es keiner. Auch von Hypotheken belastet. Für uns jedoch ein Juwel in der Umgebung einer beinahe ungetrübten Landschaft. Ferdnand erwies sich neben seinem verwaltungstechnischen Talent als wachsamer Jäger, Heger, fürsorglicher Naturschützer, im Übrigen als ein herzhafter Genosse, wie sie eigentlich nur noch in antiquarischen Schmökern vorkommen. Erstaunlicherweise war er sogar in Opern, Operetten und Musicals bewandert: eben ein Allroundman, wie er im Buch steht.

Marlene, meine illustre Martha, und ich saßen öfter im Musentempel der bequem zu erreichenden Regionalhauptstadt, erlebten gepflegtes Musiktheater in jeder Form und Inszenierung. Man glaube es oder nicht, wir hielten dabei Händchen, den beiderseitigen Genuss des Gebotenen persönlich zu steigern, wohl auch, weil wir mehr wussten als die meisten, die nur hin und wieder einmal 'ne Prise Bühnenzauber zur Zerstreuung suchen oder weil sie der Meinung sind, sie finanzierten mit ihren Steuergeldern den an sich überflüssigen Klamauk – ohnehin meistens zu hoch angesiedelt für brave Bürger –, wollten deshalb diese Gemütsverrenkungen, die mit Goldstuck garnierten Arabesken komödiantischer Verstiegenheiten, wenigstens als kulinarischen Spaß genießen. Darüber sollte Tacheles geredet werden: Nicht allein im Wein liegt Wahrheit, vielmehr im Theater, dem wunderlichen Zwischenreich des Lebens, mit kaschierten Himmeln und Höllen jederart, mit mörderischen Kontroversen, Clownerien, mit Opferlämmern, armen

Hunden und stolzen Hermelinträgern. Wenn Orpheus in den Rachen mystischen Dunkels steigt, Tamino mit seiner Zauberflöte das Tor des Todes überwindet, Monteverdi seine Ariadne klagen lässt, im Cancan der aufgewirbelten Bühnenstaub zum Niesen reizt, dann ist das mehr als ein spießerhaftes Abendvergnügen mit Pfefferminzbonbons und Chips: Es ist die erlebbare Anrempelung unserer meist ziemlich verkümmerten Fantasie, als Widerpart zum Geld zählen, anlegen, renditieren, seine Zeitgenossen offen oder heimlich übern Tisch ziehen. Wie sagte mal ein einfaches Frauchen, da ihr unbedarfter Galan sie in die »große Oper« schleppte, ihr die Schauder von »Tristan und Isolde« vor der Kaiserloge servieren ließ: »Mein Gottchen, Richard, w i e im r i c h t i g e n Leben«, verließ nach Isoldes lang andauerndem Liebestod herzzerreißend flennend die weihevolle Örtlichkeit. Ihr Bräutigam indessen beschloss, demnächst lieber in was Lustigeres zu gehen, denn bluttraurig war das sogenannte »richtige Leben« schon genug, außerdem stellte das Hochtragische zu große Ansprüche an ihn und seine, dem Durchschnitt verhafteten Fähigkeiten. Weshalb sich mit anderer Leute Schicksal belasten – und sei es »nur« auf »höherer Ebene«, wo doch das Komische und Spöttische allemal dem Realen viel angemessener ist und näher liegt.

Hier musste ich meine Betrachtungen beenden. Marlene gab mir zu verstehen: »Was du schreibcomputerst, artet in Literatengefasel aus! ›Fasse dich kurz!‹, hieß es früher schon mit voller Berechtigung in allen Telefonhäuschen.«

»I c h seh' das n i c h t so«, erwiderte ich, »denn vieles muss immer und immer wieder gesagt oder angetippt werden, dass es wenigstens ein p a a r Leutchen mitkriegen, in Fleisch und Blut verwandeln, was durchaus bedeuten könnte, es einmal mehr beim entblätterten Menschensein einzubringen. König oder Müllmann – sie sind hüllenlos, genau gesehen, gleich. Freilich, Gesichter, d i e mögen sich unterscheiden durch weitergefasste Gedanken oder mit Glück verwirklichte Möglichkeiten. Sicher, nicht jeder vermag Hauptrollen zu schmettern, wo Chargenrollen ebenso wichtig sind, besonders seit sie Mangelware in einer dienerlosen Gesellschaft. Doch eines sei nie vergessen, a l l e, wie sie da herumtraben, sind seelenhafte, gottvolle Kreaturen, wovon uns jeder festliche Abend ad szeniam die Beispiele herzeigt, es möglichst vielen immerzu ins Gemüt einbrennen möchte.«

Eines Tages kam Sina ins Schloss. Nach langer Zeit. Unangemeldet.

»Welche Überraschung, dich bei uns begrüßen zu dürfen. Nimm Platz.«

Es dauerte lange, entlang allen möglichen Undurchsichtigkeiten formellen Gehabes, bis sie auf den Punkt ihres Besuches kam. Wir waren unter uns. Marlene, auf Reisen, hielt Vorträge über die Liebe. Ich hätte ihr dieses in der Öffentlichkeit heikle Thema gern ausgeredet, doch Frauen sind oft m e h r vom Instinkt begnadet als von Männerintellekt, blitzenden Emanzenwahn beschämend. Wie oft aber behalten sie Recht! Ich meinerseits krakeele ja in ähnlicher, jeder Klugheit Hohn bietende Einzelkämpfermanier im Sinne weithin verloren gegangener Liebe im Kleinen wie im Großen. Eine Aufgabe, mit der ich mich hundert und mehr Jahre zu werden imstande fühle ...

Sina im Sessel auf dem Balkon mit weiten Ausblicken in die Landschaft des Hegau.

»Peter ..., Vater ...«

»Bleib nur in alter Gewohnheit bei Peter.«

Sie platzte heraus: »Der Verlag steht vor der Pleite.«

»Wie schön!«

»W a s sagst du?«

»I c h find' es schön. Mindestens ganz gut.«

»Für w e n gut? Für d i c h? Unsere Existenz steht vor dem Nichts.«

»Dann solltet ihr fix 'ne andere Sache anfangen, euren Lebensunterhalt zu decken.«

»Uns stehen gewaltige Kosten ins Haus, jede Menge Schulden.«

»Schafft sie runter.«

»Und ... und ...«

»Was – und?«

»Erich ...«

»Dein lieber Gatte, was ist mit ihm?«

»Er will sich scheiden lassen.«

»D a h e r weht der Wind!«

»Du machst dich über mich lustig.«

»Wie soll ich fröhlich sein, wenn wieder einmal 'ne Ehe lächerlichen Schiffbruch erleidet? Prüft euch noch und noch mal. Setzt euch eine Frist. Von mir aus zwei, drei Jahre. Danach geht zum Kadi, sollte euer Verhältnis unerträglich geblieben sein: Wo ein Wille ist, ist auch ein Weg.«

»Alte Hüte.«

»Sicherlich. Weißt du was Besseres?«

»Könntest ... du vielleicht ...?«

»Was? Ich?«

» ... mit einem Darlehen aushelfen? Es würde dem Verlag das Gröbste ersparen.«

»Wo die Liebe an Krücken humpelt, mein Kind, richtet auch Geld wenig aus. Wenn doch, allenfalls dem Anschein nach und vorübergehend. Auch helfen da weder Goethesprüche noch hübsche Essays oder zu Bestsellern aufgeblasene Romane.«

»Du selbst hast ...«

»Hab' ich, mein Kind, hab' ich, und wie gerne. Im konkreten Fall wie dem euren sind sie weniger wert als aufpoliertes Blech, sofern ihre Leser unfähig sind, etwas Wesentlicheres herauszufischen als virtuose Schöntuerei oder resignatives Wühlen in ausweglosem Elend, für das heute kaum mehr jemand 'nen Groschen lockermacht. Der Verkauf dämpfiger Schwarten, kriminell gegen den Strich gekämmt, ist schon in meinen letzten Jahren als Chef wesentlich zurückgegangen.«

»Wir könnten die Sparte ankurbeln.«

»Was das Publikum verschmäht, ist passé, gestorben, zu päppeln sinnlos.«

»Du wirst alt, trotz der Eskapaden mit dieser Marlene.«

»Alt nicht, älter ja, Sina. Wenn man noch Riecher

und Witterung genug hat, zu erkennen, wie die Welt sich wandelt, zum Guten wie zum weniger Guten – ob wir das akzeptieren oder aufhalten wollen –, solange steht man noch an den offenen Toren des Lebens. Wie viel man faktisch zu schaffen fähig, mag dahin gestellt bleiben. Dafür seid ihr Jüngeren zuständig, samt eueren verkorksten Beziehungen. Findet euch in Neuem. Sucht nach unentdeckten Autoren. Sie müssen nicht unbedingt die Eierschalen am Hintern kleben haben, weder exotische Namen führen noch politisch verfolgt oder schwul sein: Es gibt genug Notwendiges, bislang von leidiger Progressivität Unberührtes unter die Leute zu bringen. Oberstes Gebot sei stets, was Liebe, mindestens das Liebenswerte fördert, die Freude am Leben besingt wie ... wie ... der griechische Saitenspieler und Sänger, der mit seiner Musik sogar die allmächtige Natur bezaubert, zu Konzessionen veranlasst hat. Nehmt solche Themen ins Haus. Sie erleichtern gewiss auch eure Partnerschaft, unterstützen den Verlag, schlussendlich all diejenigen, die im Geist einer erträglicheren Gesellschaft aktiv sind, an ihr bosseln, basteln, sie fördern oder danach trachten, es zu tun. Um auf das Darlehen zu kommen: Ich gebe es euch nicht. Dein Großvater ist seinerzeit mit dem Handkarren durch die Stadt getrabt, seine Bücher an die Kunden zu bringen. Am Ende war er für manches stolz tuende Unternehmen seiner Branche der gefürchteste Wettbewerber, dessen Signet ein leuchtender Stern war, es bis heute – wie du weißt oder wissen solltest – geblieben ist.«

»Unmöglich im Computerzeitalter.«

»Dann sucht 'nen anderen Dreh, wenn's wirklich gewollt ist. Ihr seid bequem geworden. Die Zeichen der Zeit stehen längst nicht mehr auf Komfort und Annehmlichkeiten. Die Ärmel hochgekrempelt heißt's wieder und nach Wegen Ausschau gehalten, für das, was die Leute in der Tat, das heißt ohne Schmonzes und Tinnef wollen, womöglich dringend brauchen wie Essen und Trinken. D a r a u s wird Kultur, s e e l i s c h e Weite mit Tiefgang, die selten vom großen Geld aus zu beeinflussen ist – höchstens äußerlich. Erfolge stellen sich immer dort ein, wo man sie geduldig, hartnäckig, auch bei Rückschlägen nie erlahmend, anstrebt. Wie bedeutend oder winzig sie sind: völlig egal! Findet euch beide wieder durch die Fähigkeit zu lieben, arbeitet Hand in Hand, das Ich mit dem Du und umgekehrt, als wärt ihr euch gestern zum ersten Mal übern Weg gelaufen. So hab' ich es mit deiner Mutter gemacht und wir waren glücklich. Gleichwohl kein dauerndes Zuckerlecken! M e h r ist nicht, gute Sina, außer der Erfahrung, die da weiß: In j e d e m Leben ist mehrmals Wiedergeburt möglich. Dies sagt dir sowohl der Peter – als auch dein Vater.«

Sina war stumm geworden. Stumm und betroffen. Sie nickte unmerklich. Zu keiner Antwort fähig, schlich sie davon, überzeugt oder nicht, mögen Götter entscheiden.

Am nächsten Tag kam Marlene von der Reise zurück. Ich erzählte ihr von Sina und ihren Problemen. Zuerst stutzte sie, machte Bedenken geltend, was das verwehrte Darlehen betraf, erklärte sich am Ende einverstanden mit meiner herben Entscheidung.

Ich resümierte: »Was ist ein Verlag, hätte er die Liebe nicht, würde er trotz Geld und florierendem Handel zu ’nem hohl klingenden Gong im Ring routinierter Schattenboxer, denen ihr marktgerechtes Podium der Eitelkeiten wichtiger ist als das unvermeidlich zu Sagende, kämpferisch zu Vertretende, selbst gegen Feuer speiende Drachen visionslosen, zastergeheiligten Ignorantentums?«

Marlene küsst mich lange und innig in tiefem Verständnis für meine Bedenken als Büchermacher. Diesmal fiel mir dazu aus keiner Oper oder Operette etwas Gescheites ein. Halt! Da wäre des Garmisch-Partenkirchners Opernstück »Capriccio«: Zum Schluss macht darin ein Graf singend den Vorschlag: »Schildert die Konflikte, die uns bewegen! Die Ereignisse des heutigen Tages – was wir alles erlebt – dichtet und komponiert es als Oper!«

Restaurierte Version vergessener Wunderkräfte?

Meinetwegen.

Macht, was ihr wollt. W i r bleiben dabei, fest zu glauben an ein entlegenes Jahrhundert in einem friedlichen Zauberland.

B i t t e

In der Nacht,
während tiefer Züge ruhenden Lebens
ward Martha still gedacht,
heimlich Erste im Bund
auf Schloss und Balkon in Ar-
ka-ha-ha-haha-ha-dien:

Möchten uns Rosen blühen,
heute und morgen und immerzu.
Möchten Ro-hoho-ho-sen blühen,
heute und morgen und immerzu.

Ihr Götter da oben,
verehrte Musen,
seid hilfreich,
zügelt Trübsal, Qualen,
Kummer, Sorgen, hohlen Tand,
lasst uns reisen an h e l l e n Tagen
in Amors Zauberland,
lasst uns reisen an h e l l e n Tagen
in Amors Zauberland:

Möchten uns Rosen blühen,
heute und morgen und immerzu.
Möchten Ro-hoho-ho-sen blühen,
heute und morgen und immerzu.

Das waren also ein paar mausgraue Arabesken um die Liebe – eine Geschichte zwischen Lachen und Weinen –, wenn man als Ganzes drüberschaut, ein Roman. Mein Verleger hatte rundweg abgelehnt mit der Begründung, so was habe seinerzeit der Tucholsky mit seinem schwedischen Urlaubskomödchen weitaus besser gemacht. Auch recht. Überraschenderweise wollte das Werkchen aber dann doch mein Schwiegersohn für unseren Verlag haben, mit der einzigen Einschränkung, dass der Name seiner Frau, die darin als meine Tochter auftritt, geändert wird. Das hab' ich getan, schließlich zu den Herstellungskosten noch kräftig draufgezahlt, mit meiner Forderung, dass sofort fünftausend Exemplare gedruckt werden, denn es gibt viel zu wenig Heiteres, das bei menschenwürdigem Atemholen hilfreich sein könnte, weil überhaupt selten im Gespräch, was des Lachens wert wäre. Die Clowns, sie an erster Stelle, mit der gemalten Träne unterm Auge, sind einige im Gros zweibeiniger Artgenossen, die es verdienen, heilig gesprochen zu werden, weil sie das Köstlichste realiter zu bieten haben, nämlich nicht mehr, als ein ganz klein bisschen drollig zu sein, und sei es ohne was um und an – wie angeblich die alten Griechen. Ach ja, auch ein Pseudonym habe ich für mich ausbedungen: man weiß nie, wie Philister, Pfahlbürger und Konsorten reagieren, mangels Verständnis dem Autor bös daherkommen. Der Name lautet: Eusebius Massenkeil.
Vielleicht folgen ja noch ein paar Auflagen meines Buches. Wer weiß das schon? Hoffen wir es, denn es bietet gut und gern, was uns neben Schmunzeln und Le-

bensspielchen bleibt, »hier im ird'schen Jammertale«, wie der Teufelhörige im »Freischütz« genüsslich bassbaritoniert, unaufhörlich, bis uns Zuhörern selbst Licht, Luft und Sonne ausgehen, die Expedition in den Hades tatsächlich notwendig wird, zu der es dann, trotz Singen und Saitenschlagen, kein gültiges Pardon mehr gibt.

Rechnen wir immerhin damit, dass die Frist zur allerletzten Reise in den Orkus länger dauert, als es zu befürchten den Anschein hat. Bleiben wir dabei über allen Konfusionen d e m verbunden, was durch das Wort Liebe gesagt werden möchte, sowohl bei altgedienten Lebenskünstlern wie bei den Jungen, noch übermütig im Trieb Stehenden.

Schließlich stand ich, nach abgeschlossener poetischer Robinsonade nordseegebräunt und munter, den Stoß Marlene-Blätter im Koffer, vor meiner Haustür – überraschend, ohne mich angekündigt zu haben.

Ich klingelte.

Drinnen krabbelte es ...

Schon lag mir Martha am Hals, hätschelte mich, als käme ich geradewegs von einer Erdumrundung, nein, besser passt jetzt: direkt aus Thessalien, hielte die von Apollo gnädig freigegebene, wirklichkeitsgetreue Eurydike in den Armen.

»Nimm dich in Acht! Ich bin Orpheus!« Diese Persiflage auf den Lippen betrat ich meinen Tempel, in dem ein Ableger des Gottchen Cupido sicher schon auf der Lauer lag.

»Mein Barde ... Wie hab' ich dich vermisst. Hast du was Gutes zustande gebracht?"

»Ach Martha! Unsere antiken Götter können viel lebendiger sein, als es ihr hoher Beruf so gern vorschreibt. Sogar über sie zu lachen, ist erlaubt ... Übrigens, Schatz, für morgen habe ich einen Zeichner eingeladen. Auf der Insel kennen gelernt. Hat dort gleichfalls kreativen Urlaub gemacht. Will mein Buch mit Bildchen und Karikaturen überziehen. Sein Name ist Janussi Toirol. Koch was Gutes, damit er wenigstens beim Essen eine Zeit lang seine Witzeleien vergisst ...«

Bereits bei Edition Lithaus erschienen:

Die Burg

Helmut Mays ab- und hintergründige,
gegenwartsschwangere Zukunftsgeschichten
aus der Vergangenheit
einer einstigen Bierbrauerei

ISBN 978-939305-14-9